La Cacería de la Sangre Pálida

Un análisis de la historia de Bloodborne

© 2024 Ivy Pohl.
La Cacería de la Sangre Pálida | Un análisis de la historia de Bloodborne
Primera edición: 4 de julio de 2024
Título original: *The Paleblood Hunt | A Bloodborne Analysis by Redgrave* (2015)
ISBN: 9798326352828

Traducción: Ivy Pohl
Corrección: Elisa Nóvoa
Maquetación y diseño: Ivy Pohl
Impresión: Amazon.com, Inc.
Contacto: lacaceriadelasangrepalida@gmail.com | @ @caceria.sangre.palida

Este libro no es un producto oficial de la marca *Bloodborne* y no ha sido revisado ni por *FromSoftware* ni por *Sony Computer Entertainment*. El texto original en inglés puede encontrarse libremente en internet. La traducción e interpretación del texto original es propia del traductor. Queda expresamente prohibido copiar y compartir este libro, en texto y forma, de manera digital o física. El uso de fragmentos de texto (o imágenes) para crear contenido propio, citar o compartir está permitida siempre que no suponga un conflicto con la prohibición anteriormente mencionada.

La Cacería de la Sangre Pálida

Un análisis de la historia de Bloodborne

Redgrave

Traducción y diseño: Ivy Pohl

*Dedicado a todos aquellos
con una historia que contar.*

Índice

Nota del traductor 13

Prólogo 15

Capítulo 01: Byrgenwerth, Kos y la Araña Vacua 19

Capítulo 02: La Iglesia de la Sanación, Lady Maria, Iosefka y Ebrietas 37

Capítulo 03: Djura, los Polvorillas, la Sangre Cenicienta y Viejo Yharnam 57

Capítulo 04: Ludwig, las Cacerías, Padre Gascoigne y Eileen 67

Capítulo 05: Valtr, La Liga y las Sabandijas 87

Capítulo 06: El Castillo de Cainhurst, los Ejecutores y la Reina Annalise 95

Capítulo 07: Los pthumerios, Arianna, Oedon y Mergo 109

Capítulo 08: Micolash, la Luna de Sangre, las Tierras del Sueño y los Grandes 123

Capítulo 09: Laurence, Gehrman y la Marca del Cazador 139

Capítulo 10: La Cacería de la Sangre Pálida 151

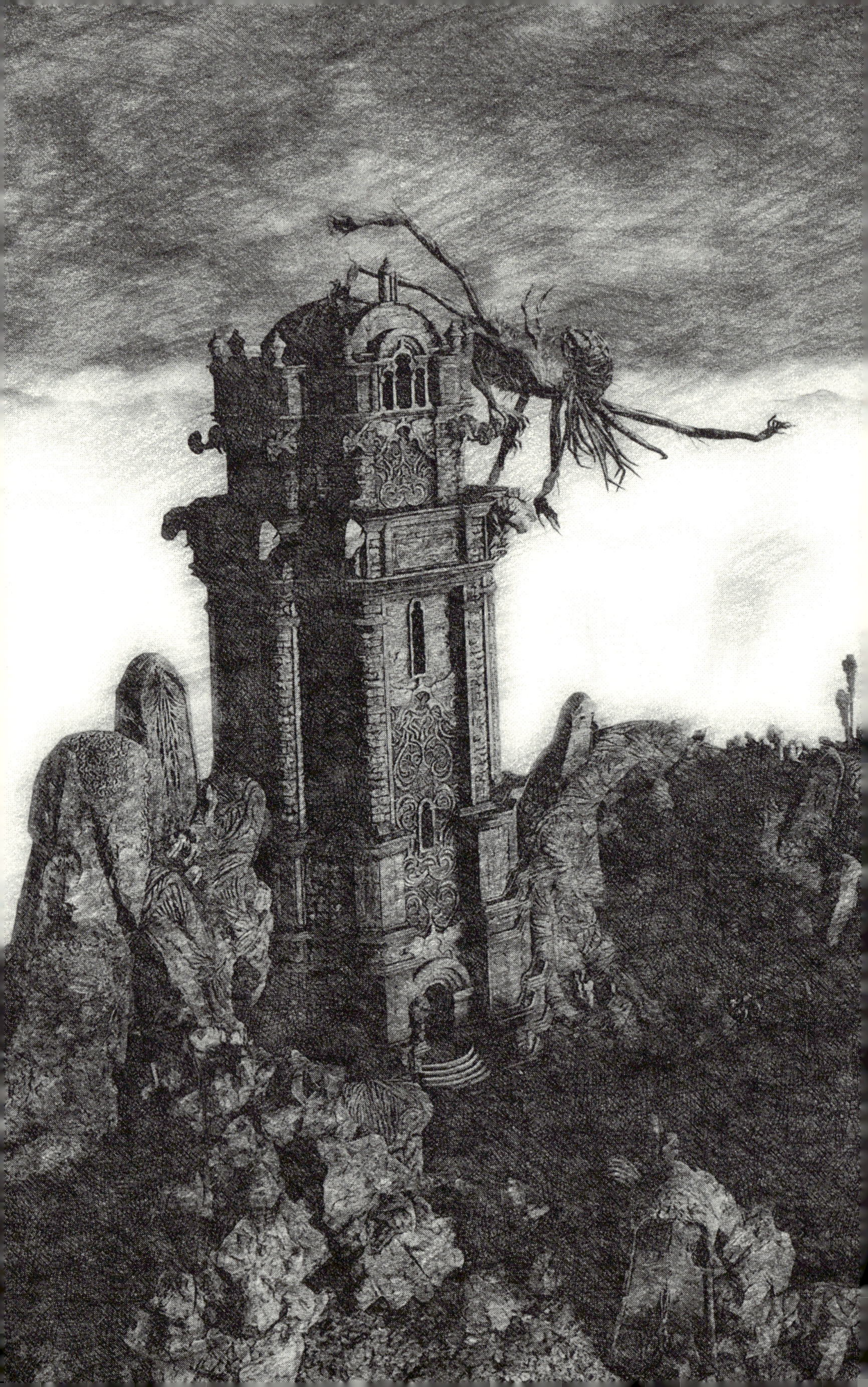

"La emoción más antigua y más intensa
de la humanidad es el miedo,
y el más antiguo y más intenso de los miedos
es el miedo a lo desconocido."

— Howard Phillips Lovecraft.
El horror sobrenatural en la literatura, 1927.

Nota del traductor

A diferencia del autor original de esta obra, yo sí me considero un gran fan de *Dark Souls*. La primera entrega, obra con la que comencé a sumergirme en los trabajos de Miyazaki, rápidamente se convirtió en uno de mis juegos favoritos.

Mi primer contacto con *Bloodborne* fue gracias a un buen amigo, que pudo compartir conmigo su *PlayStation 4* pues, por aquel entonces, yo era un jugador exclusivo de PC. Ya había escuchado hablar del trasfondo del juego y sabía que estaba inspirado en el terror cósmico de *Lovecraft*, autor con el que ya había tenido contacto. A medida que iba avanzando en la historia, me gustaba ver los vídeos de **BitielAventura**, un usuario de *Youtube* que poco a poco narraba el argumento a medida que avanzaba en el juego, siempre evitando destripar la historia en la medida de lo posible.

Y ahí pudo terminarse mi interés por esta obra. Pero, no recuerdo cómo, un día descubrí en *Reddit* el artículo de **Redgrave**, donde compartía un documento de unas 80 páginas analizando y organizando la historia de la ciudad de Yharnam, con argumentos y referencias a las descripciones y a los diálogos. Instantáneamente, este manuscrito se convirtió en mi fuente de conocimiento en lo que a *Bloodborne* se trataba ya que, aunque me gustaba teorizar y escuchar diferentes versiones que pretendían rellenar los huecos de historia que, deliberadamente, Miyazaki dejó en su título, veo necesario que estas teorías tengan al menos una referencia sobre la que asentarse. Y este documento cumplía con eso en todos y cada uno de sus capítulos.

Hace unos años, dada mi vocación de diseñador gráfico editorial y mi pasión por los libros impresos, publiqué en *Reddit* una versión del documento en inglés que ofrecía una maquetación limpia, imágenes de los objetos referenciados y alguna que otra cosa más. La verdad es que llamó la atención y varios usuarios me preguntaban cómo podían hacerse con una copia en físico. Me puse en contacto con *Redgrave*, el autor original, para saber si era posible imprimir y enviar copias de su obra en físico. Siempre estuvo abierto a que su obra se compartiese de forma libre, acreditándolo, pero no estaba interesado en participar en el proceso salvo que se tratase de una *editorial con cierto renombre* —estas palabras pueden encontrarse en *Reddit*.

Pasó el tiempo, y la espinita de publicar de alguna forma este escrito se quedó ahí, clavada. Y, finalmente, en estos últimos años, se fue gestando la posibilidad de publicar la obra es español, para la inmensa cantidad de jugadores a los que el inglés les era una barrera a la hora de comprender el texto original. Había un par de traducciones en internet, pero siempre las he considerado, y esta es solamente mi opinión, demasiado literales.

La Cacería de la Sangre Pálida es una traducción e interpretación fiel, pero personal, de las palabras del autor original. Las descripciones, los diálogos y las notas citadas, son las traducciones oficiales que se encuentran en el juego. Solamente he modificado una descripción, ya que considero que esta tiene un error de interpretación en la versión española. El objeto es el **Tercio de cordón umbilical**, y es que en español dice: *Utilízalo para ganar lucidez o, como dicen algunos, luz interior.* Su versión inglesa, conociendo la historia del juego, tiene más sentido: *Use to gain Insight and, so they say, eyes on the inside. (Utilízalo para ganar lucidez o, como dicen algunos,* **ojos internos***).*

No quiero dejar pasar la oportunidad de agradecer a **Elisa Nóvoa**, filóloga y correctora de estos textos, su apoyo constante y su innegable paciencia cuando prácticamente fue obligada a pasarse Bloodborne al completo con el fin de entender la historia que posteriormente corregiría. Sé que sin ti, este libro no existiría.

Y a ti, querido lector, te deseo una plácida lectura y una buena Cacería.

Prólogo

Nunca fui un gran fan de *Dark Souls*. Objetivamente hablando es un gran juego. Su jugabilidad es impecable y su mundo totalmente coherente, pero nunca logró conquistarme. Quizás fuese que, como gran fanático que fui de *Demon's Souls* en su momento, me hubiese hecho tantas ilusiones con el primer *Dark Souls* que era imposible que el juego cumpliese con las expectativas que tenía. Pero siempre hubo algo que eché en falta en la saga Souls: **lo desconocido.**

La historia de *Dark Souls* esconde misterios, pues el juego opta por una narrativa no convencional. En lugar de eso, es el jugador el encargado de encajar las piezas y descubrir la historia. Un jugador puede revelar la farsa de *Anor Londo* y descubrir las maquinaciones de *Gwyndolin* y *Frampt*. Puede entregar la *Vasija del Señor* a *Kaathe* y descubrir un nuevo fragmento de la historia del mundo. Aun así, la historia de *Dark Souls* siempre me pareció muy sencilla de explicar.

Para mí es como el típico relato que, al reorganizarlo y presentar los hechos, con todo el rompecabezas resuelto, el detective repasa todas las pruebas delante de los personajes, demostrando que todo tiene sentido.

Demon's Souls fue diferente. En ese tiempo, las respuestas a los misterios del juego no eran tan abundantes. En la época de *Demon's Souls*, salvo alguna excepción como puede ser la del usuario *GuardianOwl*, no existía el concepto de *Souls Lorehunting* (Busca historias de los *Souls*) que sí existe ahora. El único tema de debate importante era si el *Anciano* era o no el *Dios de la Iglesia*. Pero no había respuestas a si el *Monumental* era bueno o malo, por qué la armadura de *Biorr* se encontraba en el pozo de *Miralda* o qué misterios se escondían detrás de figuras como *Lord Rydell* o el *Viejo Monje*.

Hidetaka Miyazaki, el genio tras la franquicia de los *Souls*, creció en el seno de una familia humilde en la ciudad de Shizouka. Por falta de recursos económicos que le permitieran encontrar otras alternativas, su pasatiempo principal era la lectura de los libros que podía conseguir en la librería local. Era un apasionado de las historias de ficción occidentales, pero su nivel de inglés no era lo suficientemente alto como para comprender todo lo que leía. No era extraño que, tras la lectura de un relato, solo hubiera entendido la mitad y tuviese que conectar los conceptos que había entendido y darle el contexto lógico que él creía para formar, en parte, su propia historia.

He leído muchas críticas a la historia de *Bloodborne*, cuando se compara con la *Dark Souls*. Muchos jugadores defienden que los personajes de *Bloodborne* están vacíos, que la historia en sí no es tan entretenida o que el argumento no es tan rico en detalles como sí lo es el relato de *Gwyn* y la *Primera Llama*. Y están en lo cierto. *Bloodborne*, al igual que *Demon's Souls* en su momento, no cuenta con todas las respuestas dentro del juego. No existe ningún diálogo ni descripción con esa pieza crucial de información que permita comprenderlo todo. No existe un detective que sea capaz de explicarle a alguien, de manera condensada, el argumento del juego. *Bloodborne* es como un libro en el cual la mitad de las palabras son ininteligibles, por lo que el propio lector debe rellenar los huecos para completar la historia.

Cuando comencé a escribir *The Paleblood Hunt*, mi intención era llegar a descubrir la verdad que daba sentido a todo. Siete meses después, tras leer tantas interpretaciones y discusiones acerca de la historia del juego, tras participar en tantos debates con tanta gente diferente, llegué a la conclusión de lo absurda que resultaba mi intención inicial. No hay una respuesta concreta para la historia de *Bloodborne*, pues se trata de un juego en el que la pregunta recae sobre ti, **el jugador**. ¿Qué piensas? ¿Cuál es tu historia? ¿Qué conclusiones sacas tú de lo desconocido?

Esta es mi historia.
Esta es mi Verdad Arcana.

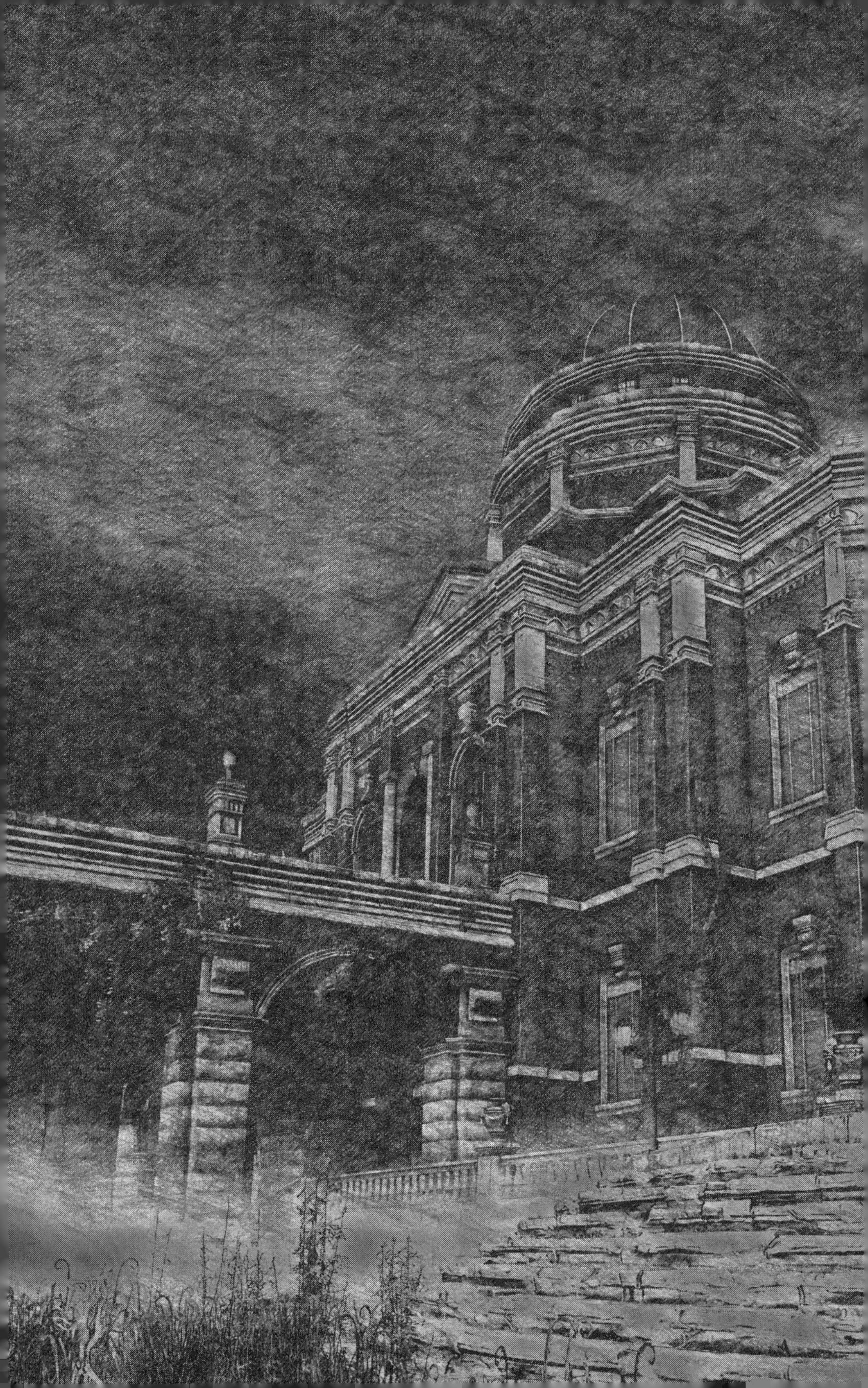

Capítulo 01
Byrgenwerth, Kos y la Araña Vacua

"Byrgenwerth es una antigua institución educativa, y la tumba de los dioses, labrada bajo Yharnam debería resultar familiar para todos los cazadores. Un grupo de jóvenes eruditos de Byrgenwerth descubrió un recipiente sagrado en lo más profundo de la tumba. Fue el origen de la fundación de la Iglesia de la Sanación y la sanación de sangre. En ese sentido, todo lo sagrado de Yharnam tiene su origen en Byrgenwerth."

— Alfred, Cazador de los Sangrevil.

Todo comienza en Byrgenwerth, una vieja institución educativa construida en un área tranquila, alejada de la ciudad vecina y cerca de un gran lago. Fue aquí donde un grupo de personas comenzó el estudio y la exploración de las entrañas del conocimiento humano.

Para comenzar, solamente utilizaré la información y las evidencias que pueden ser encontradas en el juego. Guardaré mi interpretación y mis propias opiniones para el final, de esta forma podrás crear tus propias conclusiones con los hechos presentados.

Hubo muchos estudiantes en Byrgenwerth. Hubo, además, un grupo de personas de innegable notoriedad fuera del círculo estudiantil. Figuras de gran importancia que formaron un círculo interno, por así decirlo.

Pese a que no todos ellos eran académicos, a efectos prácticos me referiré a ellos en este análisis como **Los Eruditos de Byrgenwerth**, o simplemente Los **Eruditos**, para abreviar.

Es casi seguro asumir que figuras tan importantes como Willem, Laurence, Micolash y Caryll eran parte de los Eruditos.

Willem era el líder de Byrgenwerth y una figura muy respetada. Todas las personalidades que lo mencionan se refieren a él como **Maestro** Willem, mostrando un gran respeto incluso cuando no se compartían las mismas creencias.

Herramienta del taller para runas

El Forjador de runas Caryll, estudiante de Byrgenwerth, transcribió los balbuceos inhumanos de los Grandes en lo que ahora conocemos como runas de Caryll. El cazador que encuentre esta herramienta puede grabar runas de Caryll en la mente para obtener su tremendo poder. Al preboste Willem le habrían encantado las runas de Caryll, ya que no dependen de la sangre en absoluto.

El **preboste** es la persona encargada de dirigir una comunidad o institución, lo que apoya la idea de situar a Willem como el director de Byrgenwerth y la figura más importante entre los anteriormente mencionados. El principal enfoque del estudio del Maestro Willem era hallar los límites del conocimiento y la inteligencia humana.

Laurence es una figura bastante más enigmática, especialmente si tenemos en cuenta su importancia. A través del Cráneo de la Bestia situado en la Gran Catedral, nuestro Cazador (el personaje protagonista) es testigo de un encuentro entre Laurence y Willem en el que este último acusa a un joven Laurence de traición.

Heredero del ritual de sangre, abastecedor de trasvase. Por tu mano sobre la cubierta sagrada del altar e inscribe el adagio del maestro Laurence en tu carne.

– Nota encontrada en la escalera de la Gran Catedral.

El hecho de que Laurence sea tan referenciado sugiere que debió ser una figura de gran importancia dentro de la Iglesia de la Sanación. Hay muchas referencias a que la Iglesia de la Sanación tiene sus raíces en Byrgenwerth.

Uniforme de estudiante

La Iglesia de la Sanación tiene sus raíces en Byrgenwerth, y es obvio que se inspira en el diseño de sus uniformes. El enfoque puesto no en el conocimiento ni en la reflexión, sino en la pura ostentación haría que el maestro Willem cayera presa de la desesperación.

A menudo, Laurence es nombrado con el apelativo de **Primer Vicario**, sobrenombre citado tanto en el Cráneo de Laurence en la Pesadilla de los Cazadores como en su posterior combate contra nuestro Cazador. Un vicario se puede definir como la figura que está a cargo de alguna de las ramas o funciones de la iglesia. Este título sugiere que Laurence fue uno de los fundadores de la Iglesia de la Sanación, separándose de Byrgenwerth como consecuencia de un evento que más tarde se conocerá como el Cisma.

Micolash, el enemigo encontrado en la Pesadilla de Mensis, era otro Erudito. Esto se evidencia con el andrajoso uniforme de Byrgenwerth que viste durante la pelea contra nuestro Cazador. Micolash también hace referencia a otras áreas de Byrgenwerth, algo de lo que hablaré más adelante.

Caryll fue un magnífico herrero rúnico quien, a través de métodos desconocidos, era capaz de escuchar balbuceos y pronunciaciones emitidas por los Grandes. Pese a que no llegó a comprender las inhumanas palabras que estos Grandes decían, pudo plasmarlas en símbolos visuales con los que era posible identificarlos. La **Herramienta del Taller para Runas** es, como hemos visto antes, la mejor referencia que tenemos sobre su persona.

Había también dos personas que, **posiblemente**, fuesen miembros de los Eruditos: Gehrman y Maria.

Es sumamente probable que Gehrman fuese conocido de Laurence y de Willem, ya que, tras derrotar a Rom —la Araña Vacua—, Gehrman puede ser encontrado en el Sueño del Cazador durmiendo en su silla y gimiendo entre sollozos:

"Oh, Laurence...
Maestro Willem...
Que alguien me ayude..."
– Gehrman, el Primer Cazador.

Gehrman también fue el **Primer Cazador**. Fundó el Taller, situado en una sección oculta del Distrito de la Catedral Superior, y seguramente trabajó para la Iglesia de la Sanación en su juventud, a juzgar por sus habilidades en combate y su maestría para la artesanía. Es posible que sirviese de escolta durante las excavaciones que Byrgenwerth llevaba a cabo en las tumbas pthumerias o que simplemente se dedicase a algún tipo de mantenimiento en los terrenos de la institución.

Maria fue la alumna predilecta de Gehrman y, dado que estaba al mando del Pabellón de Investigación de la Iglesia de la Sanación, es posible que fuese alumna en Byrgenwerth bajo la tutoría de Laurence. Su participación en los eventos ocurridos en la Aldea Pesquera también la sitúan como miembro de los Eruditos de Byrgenwerth antes del Cisma.

Tras abordar a cada miembro de forma individual, es momento ahora, de dirigir la mirada a los Eruditos como un conjunto. Willem, Laurence, Micolash, Gehrman, Maria y Caryll eran personalidades de Byrgenwerth, una institución que, además de tratar de expandir el conocimiento humano, exploraba un gigantesco laberinto construido bajo tierra. Fue en este laberinto en donde los académicos descubrieron el hallazgo que desencadenaría los eventos de *Bloodborne*.

Dentro del contexto histórico en el que se desarrolla Bloodborne, se puede señalar un evento definitorio, el punto de inflexión en el que los Eruditos de Byrgenwerth descubrieron algo en las profundidades de las antiguas criptas Pthumerias. Alfred, el Cazador de los Sangrevil, reflexiona sobre este hecho:

"Un grupo de jóvenes eruditos de Byrgenwerth
descubrió un recipiente sagrado
en lo más profundo de la tumba.
Fue el origen de la fundación de la
Iglesia de la Sanación y la sanación de sangre."
– Alfred, Cazador de los Sangrevil.

En las profundidades del Laberinto Pthumerio, los Eruditos descubrieron la Vieja Sangre. No está claro qué fue exactamente lo que encontraron, pero en la parte superior del edificio de Byrgenwerth podemos encontrar una pista.

Concha de Fantasma vacía

Concha de invertebrado vacío que se supone que es un familiar de un Grande. La Iglesia de la Sanación ha descubierto gran variedad de invertebrados, o Fantasmas, que es como se les llama. Las conchas con cieno aún conservan poder arcano, y se pueden frotar en las armas para impregnarlas con su fuerza.

Fuese lo que fuese lo que se descubrió, sirvió como prueba de la existencia de los Grandes. Es posible que los Eruditos encontrasen a Ebrietas, la Grande que fue abandonada y marginada, y que, más tarde, esta comulgase con la Iglesia de la Sanación.

Fuese Ebrietas o no, lo que es evidente es que encontraron la fuente de la Vieja Sangre, la sangre contaminada de los Grandes.

El descubrimiento de la Vieja Sangre y de los Grandes, supuso un cambio general. La evolución se convirtió en la meta, empujando los límites humanos para convertirse en algo superior; para ascender al nivel de los Grandes, para llevar a la humanidad al siguiente nivel.

El maestro Willem tenía razón.
La evolución sin coraje será la ruina de nuestra raza.
— Nota encontrada en el Edificio Lectivo.

Poco tardó en notarse que, algunos de los Eruditos —entre los que destacaba Laurence—, comenzaron a disentir en la forma en la que esa evolución debía de llevarse a cabo.

Runa de Caryll "Ojo"

Símbolo secreto de Caryll, forjador de runas de Byrgenwerth. Una transcripción de "ojo", en la pronunciación de los Grandes abandonados. Permite conseguir más descubrimientos. Los ojos simbolizan la verdad buscada por el maestro Willem. Defraudado por los límites del intelecto humano, el maestro Willem buscó ayuda en seres de planos superiores y quiso unos ojos que alineasen su cerebro y orientasen sus pensamientos.

Por otro lado, en la descripción de la Runa de Caryll "Metamorfosis" se puede leer lo siguiente:

Runa de Caryll "Metamorfosis"
Símbolo secreto de Caryll, Forjador de runas de Byrgenwerth.
La cruz torcida significa "metamorfosis".
Al girar en sentido horario, esta runa aumenta los PS.
El descubrimiento de la sangre hizo realidad su sueño evolutivo.
La metamorfosis, y los excesos y la desviación subsiguientes,
no fueron más que el principio.

Existen dos recursos que nuestro Cazador acumula a lo largo de la aventura: Ecos de Sangre y Lucidez. Los Ecos son el elemento a través del cual nuestro Cazador adquiere poder, mientras que la Lucidez le proporciona conocimiento. En Byrgenwerth se teorizaba que la ascensión de la raza humana podía ser posible a través del conocimiento y la comprensión de los Grandes. Otros, sin embargo, pensaban que esa meta solo podía alcanzarse a través del uso y la asimilación de la Vieja Sangre. Esta última creencia era totalmente opuesta a todo lo que Willem defendía.

> *"Teme a la Vieja Sangre."*
> — Willem a Laurence.

Estas dos filosofías, fundamentalmente opuestas, llevaron a Byrgenwerth a su cisma. Pero todavía queda una pieza más del puzzle. En el camino de entrada a la Aldea Pesquera, en la Pesadilla de los Cazadores, nuestro Cazador se encuentra con un aldeano que deambula mientras murmura para sí mismo.

> *"Byrgenwerth...*
> *Byrgenwerth...*
> *Asesinos blasfemos...*
> *Demonios enloquecidos por la sangre..."*
> — Sacerdote de la Aldea Pesquera.

Si nuestro Cazador porta la Runa de Caryll "Semillero", el aldeano le hará entrega de los Posos malditos.

Posos Malditos

Cráneo de un habitante del pueblo pesquero ultrajado.
Las innumerables marcas y arañazos de su interior
muestran que se utilizó la fuerza para extraer los ojos.
No es de extrañar que el cráneo se utilizase para preparar maldiciones.
El que ofrece cánticos nocivos. Llora con ellos como alguien en trance.

Lo sucedido en la Aldea Pesquera tuvo que ver con Kos, el Grande encontrado en la playa al final del área. Cuando nuestro Cazador llega a dicha zona, se encuentra con un cuerpo, aparentemente sin vida, del que se desprende el Huérfano de Kos. Concluimos así que su madre, la Grande Kos, dejó este mundo hace tiempo.

Aparte de los murmullos del aldeano, solo existe una mención más a Kos, la que hace Micolash durante el enfrentamiento que nuestro Cazador tiene con él en la Pesadilla de Mensis.

> "Ah, Kos. O, como algunos dicen, Kosm... ¿Atiendes nuestras plegarias?
> Cómo hiciste tiempo atrás con el vacuo Rom.
> Concédenos ojos... Concédenos ojos..."
> – Micolash, huésped de la Pesadilla.

Rom es una criatura encontrada en las profundidades del Lago Lunar, cerca de Byrgenwerth. El sobrenombre de Rom es el de "Araña Vacua", y realmente parece un ser relativamente débil. El único punto fuerte que puede atribuírsele es el de convocar a pequeñas arañas semejantes que usa para defenderse cuando nuestro Cazador se enfrenta a ella. Aparte de eso, poco más puede hacer, salvo proyectar unos cristales gigantes contra el enemigo o retorcerse de forma violenta cuando este se encuentra cerca.

El encuentro con Rom supone el punto de inflexión en la narrativa de *Bloodborne*. En medio de lo que parecía una historia sobre la Cacería de Bestias, descubrimos ahora una oscura revelación de la que apenas hemos tocado lo más superficial. Rom no es un Grande completo.

> "Cómo hiciste tiempo atrás con el vacuo Rom.
> Concédenos ojos... Concédenos ojos...
> Coloca ojos en nuestro cerebro para purificar nuestra bestial idiotez."
> – Micolash, huésped de la Pesadilla.

Rom no siempre fue un Grande, sino que **llegó a convertirse** en uno tras implantar ojos en su cerebro y limpiar su idiotez.

Vacuo se puede definir cómo la **falta de pensamiento o inteligencia**. Tiene su origen en el latín, en la palabra *vacuus*, que significa vacío.

¿Cuál es el origen de Rom? ¿Quién es? ¿Cuál es su relación con Kos, el Grande caído en la Aldea Pesquera?

> Lo que viene a continuación es mi propia interpretación basada en las evidencias que he recopilado. No consideres esto como un hecho certero. Es más, aprovecha mi interpretación para sacar tus propias conclusiones.

En Byrgenwerth, el maestro Willem, junto a sus estudiantes, dedicaron su trabajo a la excavación y exploración del Laberinto Pthumerio subterráneo, a estudiar a los Dioses y a explorar los límites del intelecto humano. Los Eruditos descubrieron **dos** elementos de suma importancia para su investigación.

Por un lado, la sangre de un Grande, también conocida como la Vieja Sangre. Posiblemente, este Grande fuese Ebrietas, ya que, en el Edificio Lectivo se encuentra el **Augurio de Ebrietas**, y en la zona superior del edificio de Byrgenwerth se encuentra la **Concha de fantasma vacía**.

Augurio de Ebrietas

Restos de la verdad arcana hallada en Byrgenwerth. Emplea Fantasmas, los invertebrados que ejercen de augures de los Grandes, para invocar parcialmente a la abandonada Ebrietas. El encuentro inicial señaló el principio de una indagación sobre el cosmos desde el interior del laberinto, y provocó la Fundación del Coro.

El segundo gran descubrimiento fue Kos. La primera vez que jugué el DLC de Los Antiguos Cazadores, mi primera impresión fue que habían sido los Eruditos de Byrgenwerth los que habían terminado con la vida de Kos.

Cuando compartí esta teoría, muchas personas me mencionaron la descripción del Parásito de Kos.

Parásito de Kos

Cuando el cadáver de Kos llegó a la costa, su interior estaba lleno de minúsculos parásitos, distintos a los encontrados en humanos. Esta arma atípica solo se puede agarrar con fuerza y usarla para golpear, pero se dice que los parásitos de Kos estimulan a los Fantasmas que habitan en un lumentallo.

Esta descripción evidencia el hecho de que Kos ya había muerto cuando los estudiantes de Byrgenwerth se toparon con su cuerpo abandonado en la orilla de la Aldea Pesquera. No estaba seguro de cuál de las dos teorías era más acertada hasta que volví a jugar por segunda vez al DLC y me encontré con Maria. Sus palabras, ahora que tenía la imagen completa, tenían mucho más sentido:

> "Los cadáveres deben descansar en paz.
> Lo sé muy bien. La dulce llamada de los secretos."
> – Lady Maria de la Torre del Reloj Astral.

En mi primer encuentro con Lady Maria supuse que se estaba refiriendo a su propio cadáver. Pero, tras analizar el lugar en el que se encuentra descansando y el porqué, todo cobra sentido. A medida que atravesaba la Aldea Pesquera, admirando meticulosamente cada detalle de su diseño y características, llegué a una nueva conclusión. Al observar a esos peces humanoides lanzando sus arpones o a esos tiburones bípedos gigantes portando enormes anclas, al sinfín de navíos naufragados que tiñen el horizonte de la costa... Llegué a la conclusión de que esta no era una simple aldea pesquera, sino que era una **aldea ballenera**.

Antes de la publicación del DLC, muchos jugadores ya habían destacado unos misteriosos mástiles que podían verse asomando en lo profundo de la Frontera de la Pesadilla. Ahora conocemos su origen, la Aldea Pesquera.

Lo más probable es que, en el pasado, los aldeanos hubieran avistado a Kos surcando el mar y, ante el temor de que una criatura monstruosa se acercase a sus tierras, se alzaron en armas para terminar con su vida. Dieron caza al Grande en alta mar y regresaron a casa victoriosos, pero a costa de la pérdida de numerosos navíos. Tras un tiempo, el mar arrastró hasta la orilla el cuerpo sin vida de Kos. Los aldeanos investigaron el cadáver y descubrieron en él unos extraños parásitos que pronto infectaron a las personas de la aldea, tomando el control de sus mentes y convirtiendo sus cuerpos en una especie de **Semejantes** con forma de pez.

Rápidamente, el rumor de que un Dios Muerto había sido abatido llegó a Byrgenwerth. Byrgenwerth envió a dos personas a investigar el caso: Gehrman y Maria. El **vídeo promocional del DLC** mostraba a Gehrman entrando a la Aldea Pesquera con su guadaña preparada. También se puede ver, en el pozo de la Aldea, la Rakuyo, el arma predilecta de Maria. Gehrman, el Primer Cazador, viajó hasta el lugar, acompañado por su pupila. Allí llevaron a cabo una **carnicería** de Semejantes. Los cráneos de los masacrados fueron abiertos por la mitad para extraer sus ojos, después, los Primeros Cazadores se abrieron camino hasta el cadáver de Kos, donde se perpetró la mayor de las blasfemias. En el ascensor que lleva al Pabellón de Investigación se alzan tres estatuas de personas que rodean a un niño. La estatua central representa a Willem, pues fue esculpida con los mismos ropajes y el mismo sombrero que viste el Preboste en Byrgenwerth.

Gehrman y Maria descubrieron que Kos estaba embarazada cuando murió, y el feto en su interior se mantenía intacto. Una regla que se establece en la ficción de Bloodborne es que, si alguien muere en el Mundo de la Vigilia, su consciencia puede permanecer viva en las Tierras del Sueño. Este concepto es algo recurrente en el juego, y se demuestra claramente con el cadáver de Micolash en el Mundo de la Vigilia. El feto no nacido, un Grande asesinado, fue llevado hasta Byrgenwerth para ser diseccionado en nombre de la ciencia. Con esto se obtuvo

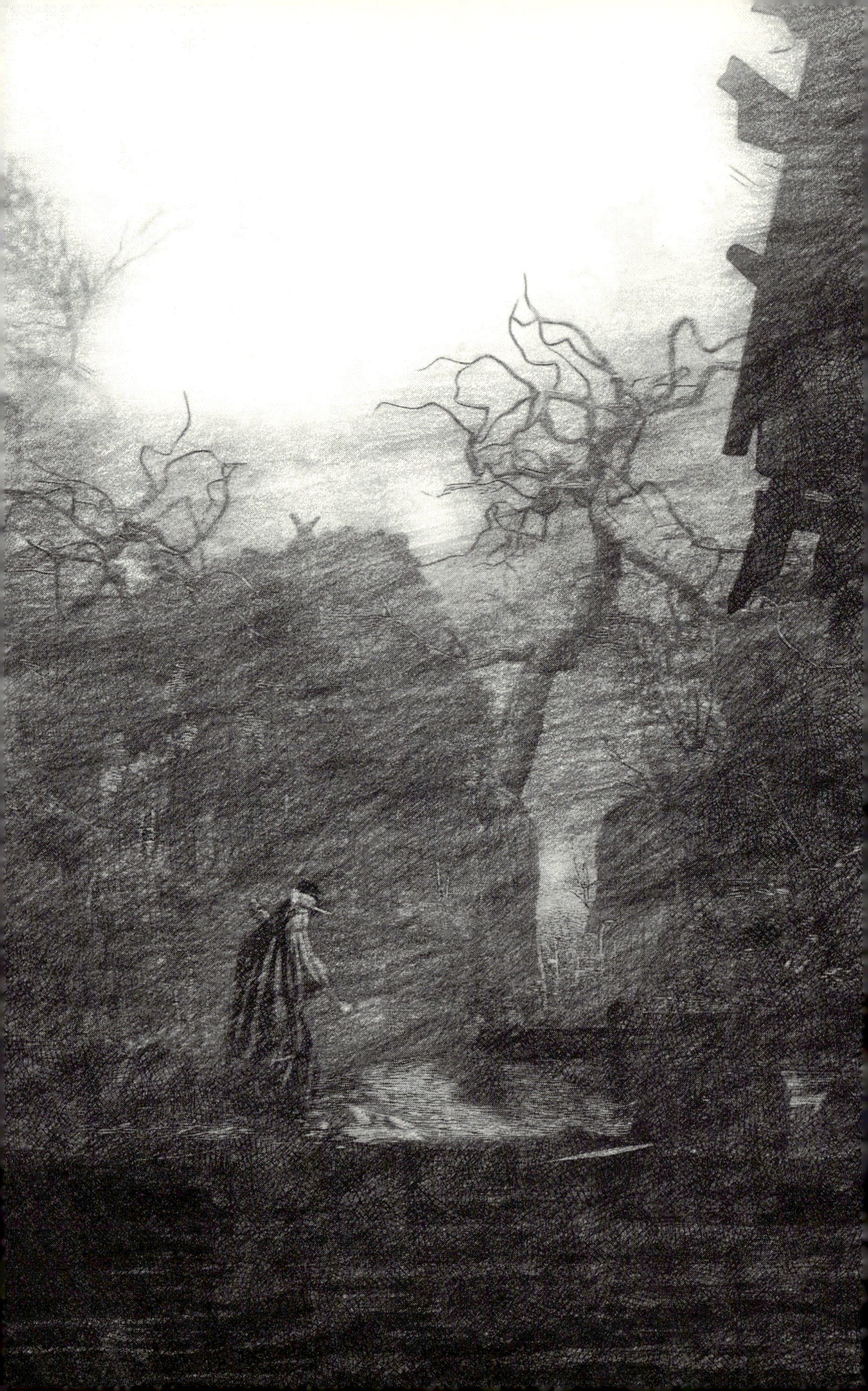

lo que se llamó Cordón del Ojo, que no era otra cosa que el Cordón umbilical que compartían Kos y su Huérfano. Fue entonces cuando el maestro Willem, la mente más brillante de Byrgenwerth, tuvo una epifanía. En la descripción de la Sabiduría del Grande se plasma una cita dicha por el preboste.

Sabiduría del Grande

Fragmentos de la sabiduría perdida de los Grandes, seres que podrían ser descritos como dioses. Úsalos para conseguir lucidez.
En Byrgenwerth, el maestro Willem tuvo una epifanía. "Estamos pensando en los planes más viles. Lo que necesitamos es más ojos".

Los **ojos** no solo sirven para indicar el nivel de Lucidez de nuestro Cazador, también son la representación del conocimiento de los Grandes y de los planos de existencia superiores.

El descubrimiento de la existencia de los Grandes y de la Vieja Sangre dividió a los Eruditos en dos facciones opuestas. Por un lado están los —denominados por mí— "Fieles", liderados por el maestro Willem. Los Fieles creían en la evolución humana a través de los Ojos, que harían que la lucidez y el conocimiento humano se acumulasen hasta alcanzar la ascensión. Esta facción estaba integrada por Willem y sus estudiantes. La otra facción, a los que yo denomino "los Radicales", estaban liderados por Laurence. Los Radicales creían en la evolución a través del uso de la Sangre, y que sería la acumulación de poder la que permitiría ascender a la humanidad. Este grupo estaba compuesto por Laurence, Micolash, Gehrman y Maria. Aunque nunca hubo violencia como tal entre las dos ramas, las discrepancias entre ambos fundamentos filosóficos causaron que, inevitablemente, continuasen por caminos diferentes. Mientras que los Fieles permanecieron en Byrgenwerth, los Radicales fundaron la Iglesia de la Sanación con el fin de ampliar su conocimiento acerca de la Vieja Sangre. El cisma no fue solamente entre los Eruditos, sino que también afectó a alumnos destacados, implicando que muchos abandonaran Byrgenwerth y se uniesen a los Radicales.

Tras la fundación de la Iglesia de la Sanación y su continuo auge, Willem y el resto de Fieles que todavía lo seguían comenzaron a preocuparse por la amenaza que suponía el poder que los Radicales estaban consiguiendo. Los Fieles eran conocedores de las acciones que la Iglesia de la Sanación estaba perpetrando con el uso de la Vieja Sangre, y eran conscientes de que esas acciones expandirían una Infección que se escondía en la Vieja Sangre.

Mientras la Iglesia de la Sanación ganaba seguidores y se expandía por Yharnam, Willem y sus Fieles se centraban en sus propias investigaciones. Aquí las cosas se vuelven confusas, pues las fuentes de información sobre este periodo escasean. Lo que sí se conoce es el resultado de las investigaciones de los Fieles. Si durante la Luna de Sangre, nuestro Cazador visita a Iosefka, o más bien, a la falsa Iosefka, y se enfrenta a ella, obtendrá un Tercio de Cordón Umbilical.

Tercio de Cordón Umbilical

Una gran reliquia, también llamada Cordón del Ojo. Todos los Grandes retoños tienen este precursor del cordón umbilical. El preboste Willem buscó el Cordón para que alinease su cerebro con sus ojos y elevaran su ser y sus pensamientos hasta los de un Grande. Sabía que era la única opción que tenía si quería alcanzar la grandeza de estos.

Cuando nuestro Cazador entra en Byrgenwerth, se encontrará, en la segunda planta, con una Cazadora llamada Yurie, quien parece ser miembro del Coro, la rama de mayor rango dentro de los miembros de la Iglesia de la Sanación. Yurie utiliza el artefacto llamado Una llamada del más allá, el arma definitiva del Coro. Además, viste la Gorra con venda de ojos y el atuendo del Coro. Esto podría suponer que el Coro, aún a día de hoy, visita las ruinas de Byrgenwerth en busca de viejas investigaciones, notas o artefactos.

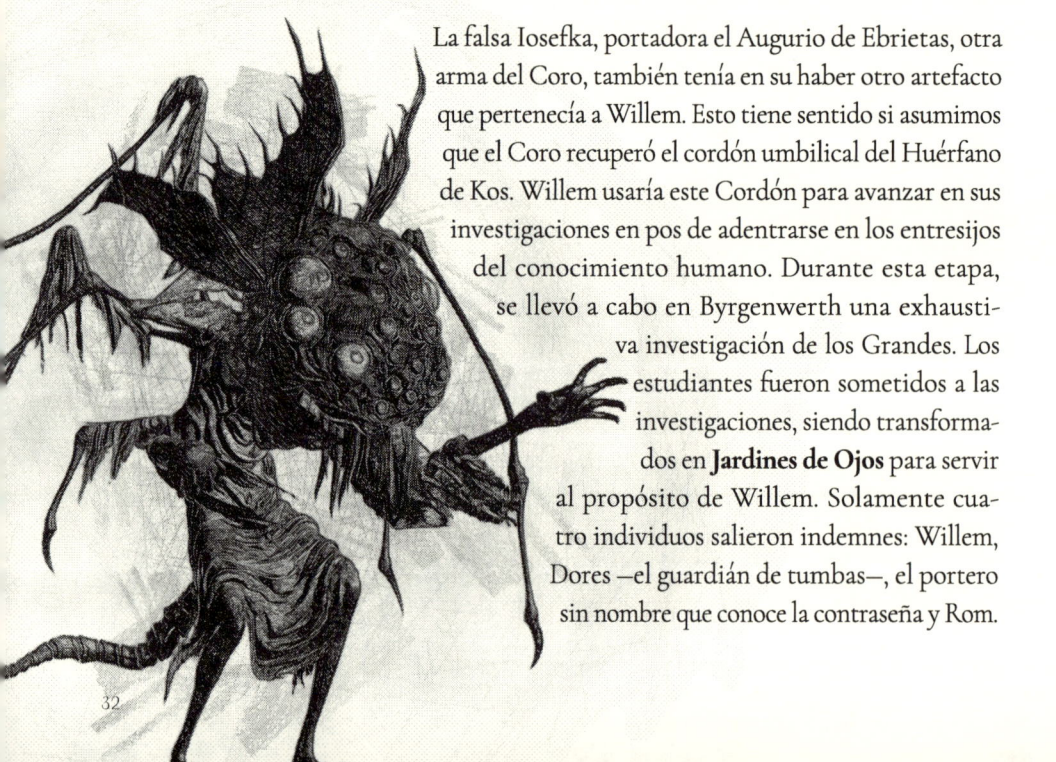

La falsa Iosefka, portadora el Augurio de Ebrietas, otra arma del Coro, también tenía en su haber otro artefacto que pertenecía a Willem. Esto tiene sentido si asumimos que el Coro recuperó el cordón umbilical del Huérfano de Kos. Willem usaría este Cordón para avanzar en sus investigaciones en pos de adentrarse en los entresijos del conocimiento humano. Durante esta etapa, se llevó a cabo en Byrgenwerth una exhaustiva investigación de los Grandes. Los estudiantes fueron sometidos a las investigaciones, siendo transformados en **Jardines de Ojos** para servir al propósito de Willem. Solamente cuatro individuos salieron indemnes: Willem, Dores —el guardián de tumbas—, el portero sin nombre que conoce la contraseña y Rom.

Fuese lo que fuese lo que le pasó a Caryll, jamás lo sabremos. Quizás abandonase Byrgenwerth para irse con Laurence, quizás se convirtiese en una monstruosidad como el resto de estudiantes, o quizás abandonase la institución para seguir sus propias investigaciones por separado. De cualquier forma, gracias a Caryll y a sus transcripciones de las pronunciaciones de los Grandes, los Fieles comprendieron la importancia y el poder albergado en las grandes masas de agua. Si revisamos cualquiera de las Runas de Caryll de **"Lago"** o **"Mar"**, podemos leer la siguiente descripción.

Runa de Caryll "Lago"

Una runa de Caryll que transcribe sonidos inhumanos. Esta transcripcion de las voces inhumanas de los Grandes ondula como un reflejo acuoso. Esta runa significa "lago", y quienes la memorizan disfrutan de una reduccion del daño físico. Grandes volumenes de agua sirven como baluarte que protege el sueño y como augurio de la verdad arcana. Supera este obstáculo y busca lo que te pertenece.

Los Ojos no solo sirven para indicar el nivel de Lucidez de nuestro Cazador, también son la representación del conocimiento de los Grandes y de los planos de existencia superiores. Esto incluso encaja con las mecánicas del juego, en las que las runas que representan cuerpos de agua otorgan defensa y resistencia.

"El gran lago de barro, ahora oculto a la vista."
— Micolash, huésped de la Pesadilla.

El último ritual del maestro Willem consiguió ascender a Rom a un Grande recién formado. Situado en el fondo del Lago Lunar, la mente vacía de Rom servía como un escudo para nuestro plano físico, protegido por un gran cuerpo de agua. Pudo prevenir que la Iglesia de la Sanación de Laurence atrajese a la Presencia Lunar. Con este conocimiento y comprensión de los Grandes, Willem fue capaz de usar el cordón umbilical de Huérfano para crear un nuevo Grande, alineando sus ojos y su mente, usándolo como un baluarte que mantenía alejados al resto de Grandes, a la Pesadilla y a la Luna de Sangre. Pero, ¿quién es Rom?

Como ya se ha definido anteriormente, *vacuo* significa vacío o sin valor. Esto suele atribuirse, por lo general, a alguien con escasa inteligencia o, más concretamente, a un ser con muerte cerebral. Rom, pese a todo, no parece sufrir de muerte cerebral. Aunque es débil, lo cierto es que hace lo posible por defenderse como puede. En una **entrevista** a Hidetaka Miyazaki que puede encontrarse en la Guía Oficial publicada por *FuturePress*, se le pregunta cuál es su jefe favorito. La respuesta de Miyazaki es Rom. Esta respuesta, aunque interesante, tampoco aporta demasiado. Lo que llama la atención es cómo justifica su respuesta: *"La verdad es que (Rom) me encanta. Hay ciertos aspectos **extrañamente adorables** en sus movimientos y en su diseño"*. Existe otro ente que también se considera vacío o carente de juicio. Como escribió John Locke, los seres humanos nacen como una *tabula rasa* (tabla rasa), como una hoja en blanco, un vacío cuya forma es moldeada por nuestras experiencias. Un ser al que se le pueden atribuir características como adorable, débil, indefenso y carente de pensamientos y experiencia solo puede ser un niño.

En la citada entrevista, Miyazaki dice: *"En el mundo de Bloodborne, los bebés que son considerados **especiales**, da igual el motivo que sea, son ofrecidos como cebo para atraer a los Grandes. Todos los Grandes han perdido a sus descendientes debido a su condición, y como consecuencia, se ven atraídos por estos bebés **especiales**"*.

Los bebés son, por lo tanto, una forma de atraer a los Grandes.

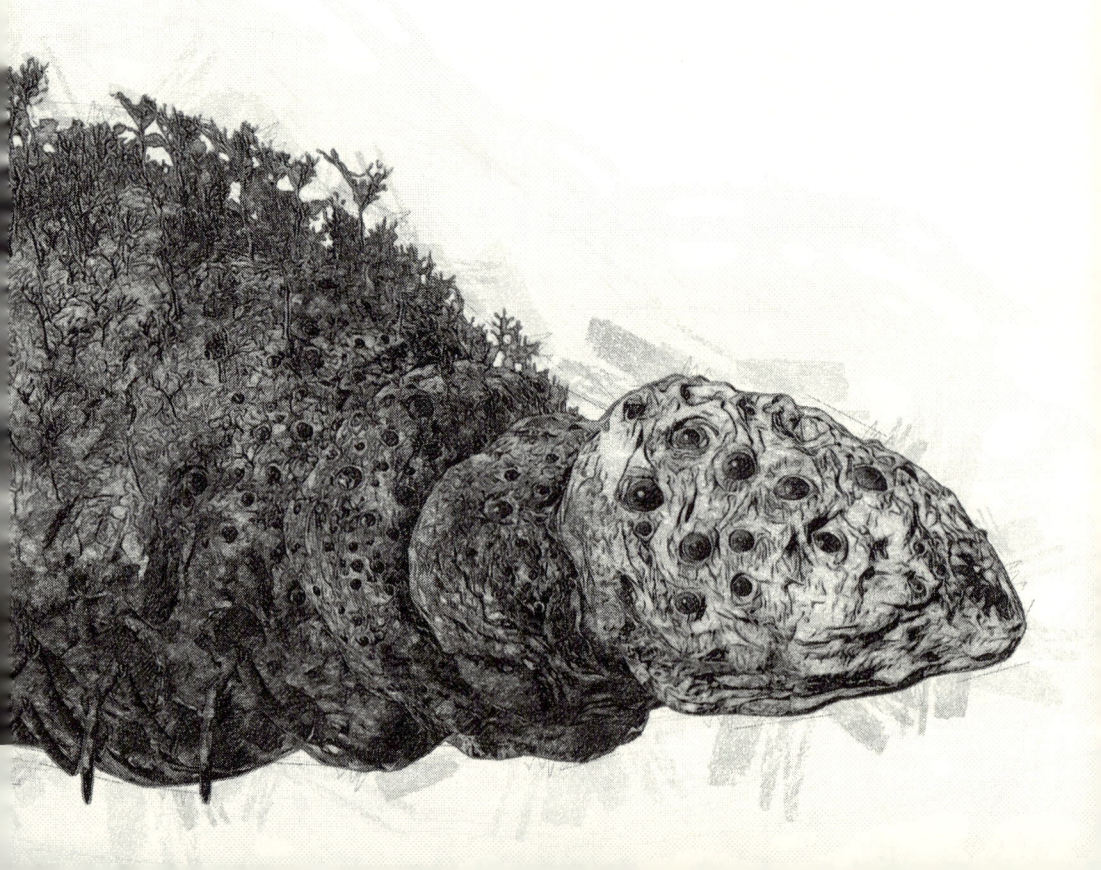

> *Los rituales de pesadilla ansían un recién nacido. Encuentra uno y silencia su angustioso llanto.*
> – Nota encontrada en Yahar'gul.

La primera conjetura a la que puede llegarse tras leer estas líneas es que se están refiriendo a la Escuela de Mensis. Seguramente estuvieran utilizando algún tipo de bebé para realizar un ritual. Pero Micolash y sus estudiantes tan solo seguían los pasos del maestro Willem en un intento por reproducir los logros conseguidos por los Fieles de Byrgenwerth.

> *"Como hiciste tiempo atrás con el vacuo Rom. Concédenos ojos... Concédenos ojos... Coloca ojos en nuestro cerebro para purificar nuestra bestial idiotez."*
> – Micolash, huésped de la Pesadilla.

Rom **no** es un Grande y, de hecho, Bloodborne genera deliberadamente cierta confusión en cuanto a lo que el conjunto de Los Grandes agrupa, haciendo referencias a diferentes especies, facciones y grupos. Pero los Semejantes, mortales ascendidos cuya sangre es un suero blanquecino, **no** pueden considerarse Grandes completos, como sí lo son la Presencia Lunar, la Nodriza de Mergo o el Huérfano de Kos. Solamente son Semejantes del Cosmos. La recompensa por vencer a Rom **no** es la Sangre fría de Grande, sino que es la Sangre fría de **Semejante**.

Sangre Fría de Semejante

Sangre fría de semejantes inhumanos del cosmos, parientes de los Grandes. Úsala para conseguir ecos de sangre abominables.
No oses indagar en el mundo más allá de la humanidad.
La verdad arcana mencionada hace mucho tiempo en Byrgenwerth.

Rom, hija de Willem, metafórica o literalmente, nació como fruto de sus investigaciones y fue usada para ascender. Basta observar cómo trata de evadir a nuestro Cazador, evitando continuamente el enfrentamiento, como si estuviera aterrorizada. Al contrario del resto de Semejantes, Rom no cuenta con ninguna defensa natural más allá de manipular la energía.

Si me lo preguntas, a mí no me recuerda a una araña... más bien se me parece a una oruga. La fase temprana de una mariposa, una criatura que puede llegar a ser hermosa.

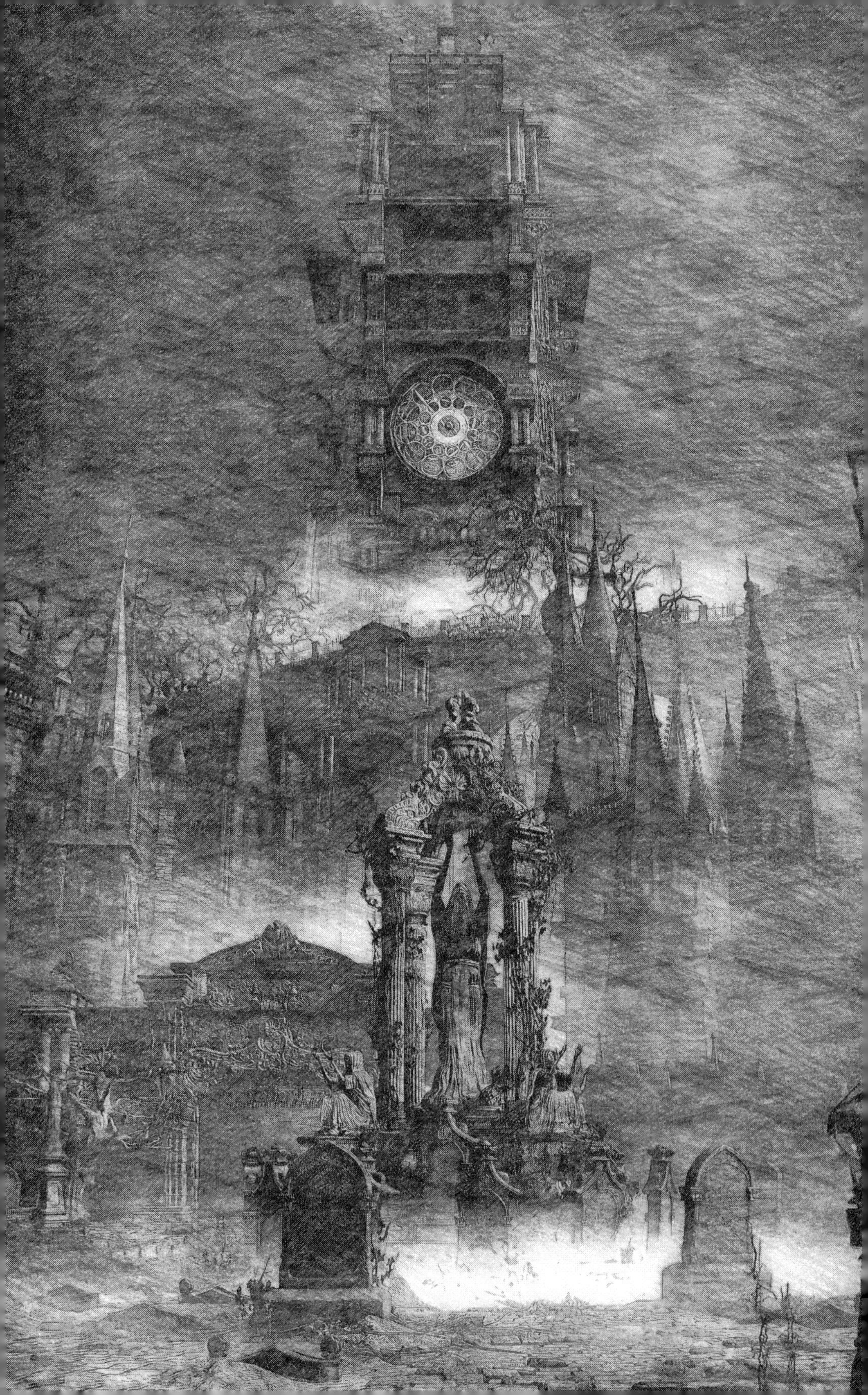

– Capítulo 02 –
La Iglesia de la Sanación, Lady Maria, Iosefka y Ebrietas

"Si lo que te interesa es la sangre, deberías probar en la Iglesia de la Sanación. La iglesia monopoliza el saber sobre del trasvase de sangre y las variedades de esta. Cruza el valle hacia el este de Yharnam y llegarás al pueblo de la Iglesia de la Sanación, llamado Distrito de la Catedral. Y en el interior del Distrito de la Catedral se encuentra la Gran Catedral. El lugar donde nació la sangre especial de la Iglesia de la Sanación, o eso dicen. Los yharnamitas no sueltan prenda con los extranjeros. En circunstancias normales no te dejarían acercar, pero... La cacería es esta noche. Podría ser tu oportunidad..."

– Gilbert.

El primer objetivo explícito que recibe nuestro Cazador consiste en llegar y buscar respuestas en la Iglesia de la Sanación. Esta institución no gobierna Yharnam, pero sirve como pilar central y núcleo de la ciudad. La Iglesia comenzó a desarrollar el arte del Trasvase de Sangre, motivo que dio su fama a la ciudad de Yharnam. Gracias al uso de una *sangre especial*, la Iglesia de la Sanación logró la cura de cualquier enfermedad, creando en las gentes una devoción y un culto que veneraba dicha Sangre y a los Dioses de los que había salido.

Los rumores de las propiedades curativas de la sangre se extendieron, atrayendo a Yharnam a todo tipo de forasteros que, sufriendo alguna enfermedad terminal, veían en la Iglesia de la Sanación la única salida. Según la información promocional que acompañó al lanzamiento de Bloodborne, nuestro Cazador era uno de estos forasteros que hacía un viaje a Yharnam en busca de una misteriosa Sangre que podía curar su enfermedad. Pero, ¿qué es la Iglesia de la Sanación? ¿De dónde surge? Y, posiblemente lo más importante, ¿cuál es el secreto que alberga esa *sangre especial*?

> *Para comenzar, solamente utilizaré la información y las evidencias que pueden ser encontradas en el juego. Guardaré mi interpretación y mis propias opiniones para el final, de esta forma podrás crear tus propias conclusiones con los hechos presentados.*

Alfred, el Cazador de los Sangrevil, es el primer miembro de la Iglesia de la Sanación con el que nuestro Cazador se encuentra y que todavía mantiene su cordura. Con él, podemos conocer algo más de información acerca de las raíces de la Iglesia.

> *"La Iglesia de la Sanación es el manantial de la sanación de sangre. Yo soy un simple cazador, no estoy familiarizado con los pormenores de la institución. Pero he oído que en la catedral principal veneran al recipiente de la sanación de sangre. Y que los consejeros de la vieja iglesia residen en la zona alta del Distrito de la Catedral. [...] La tumba de los dioses, labrada bajo Yharnam, debería resultar familiar para todos los cazadores. Un grupo de jóvenes eruditos de Byrgenwerth descubrió un recipiente sagrado en lo más profundo de la tumba. Fue el origen de la fundación de la Iglesia de la Sanación y la sanación de sangre."*
> — Alfred, Cazador de los Sangrevil.

En pocas palabras, un grupo de estudiantes de Byrgenwerth descubrieron, en unas tumbas subterráneas, una sangre con unas propiedades increíbles, la Vieja Sangre. Esto, junto al conocimiento que ya existía sobre los Grandes, llevaron a una revolución en las teorías y experimentos de los estudiantes. Pero el maestro Willem, director de Byrgenwerth, rechazaba la idea de utilizar la Vieja Sangre de los Grandes como una herramienta para la evolución humana.

> *"Teme la Vieja Sangre."*
> — Willem a Laurence.

Esto llevó al Cisma de Byrgenwerth, en el que un grupo de estudiantes, liderados por Laurence, dejaron la Academia y fundaron la Iglesia de la Sanación. Es posible que fuese fundada por varios estudiantes desconocidos, pero hay constancia de cuatro de ellos: Laurence, Gehrman, Micolash y Maria. Laurence se convirtió en el Primer Vicario, fundando una nueva religión y prometiendo la cura a cualquier enfermedad mediante el uso de su milagroso Trasvase de Sangre.

> Heredero del ritual de sangre, abastecedor de trasvase.
> Por tu mano sobre la cubierta sagrada del altar e inscribe
> el adagio del maestro Laurence en tu carne.
> – Nota encontrada en la Gran Catedral.

Laurence y su Trasvase de Sangre supusieron una nueva era para Yharnam. Un culto de adoración a la Sangre se extendió entre los habitantes.

Pero, con la sangre de los Grandes corriendo por las venas de los habitantes de Yharnam, la Infección de la Bestia no se hizo esperar. Aquellos a los que se le había administrado la Vieja Sangre se volvieron susceptibles a los efectos de la infección. Como consecuencia a esto, Gehrman, uno de los aliados de Laurence cuando se produjo el cisma de Byrgenwerth, fundó el Taller. Localizado en un área escondida en la zona del Distrito Superior de la Catedral, el Taller sirvió como un lugar de entrenamiento para guerreros de élite que, enviados por la Iglesia de la Sanación, darían caza a las bestias y evitarían que el terror y el pánico se extendiese entre la población.

Atuendo de Cazador

Uno de los artículos habituales en el atuendo de un cazador, elaborado en el taller y acompañado de una capa corta que limpia la sangre. Esta útil prenda ofrece una defensa estable a quienes se enfrentan a la amenaza bestial de Yharnam. Permite acechar en secreto a las bestias, al amparo de la noche.

La última oración es la importante: "Permite acechar en secreto a las bestias, al amparo de la noche." En su origen, el Taller era una institución secreta. Los Cazadores no portaban símbolos ni usaban uniformes, a excepción de la Insignia de cazador con sierra que servía para identificarse entre ellos.

Insignia de cazador con sierra

Insignia creada hace mucho en el taller. Es símbolo de gran destreza como cazador de bestias. El taller ya no existe, y ningún grupo reconoce esta insignia excepto los mensajeros de la Fuente, que comprenden su significado. Hay cosas que solo pueden ser confiadas a un cazador que posea esta insignia, o eso creen ellos.

Los Cazadores trabajaban al amparo de la oscuridad, encargándose de los yharnamitas que habían sucumbido a la Infección de las Bestias. Su intención era ocultar la infección y evitar que los habitantes descubriesen que la sangre que se les administraba los estaba convirtiendo en monstruos.

Y, ¿qué hay de Maria?

Atuendo de Cazador de Maria

Entre los primeros cazadores, que eran todos estudiantes de Gehrman, estaba lady Maria. Este era su atuendo de cazadora, fabricado en Cainhurst. Maria es familia lejana de la reina no muerta, pero sentía gran admiración por Gehrman, aunque desconocía su curiosa manía.

Nacida en Cainhurst, Maria era una mujer hermosa, incluso para los estándares del reino. Era pariente lejana de la Reina Annalise, pero este parentesco era irrelevante para la aristocracia de Cainhurst. Los nobles del reino tenían un enfermizo interés en dar a conocer su grado de relación con la Reina, sin importar cuán lejano fuese, por lo que es probable que estos lazos de sangre ya no tengan importancia alguna.

A diferencia del resto, Maria no era partidaria del uso de armas de sangre.

Rakuyo

Esta espada no se alimenta de sangre, sino que exige gran destreza en su lugar. A lady Maria le complacía este aspecto de Rakuyo, ya que las hojas de sangre no le gustaban a pesar de ser pariente lejana de la reina. Pero un día abandonó su querido Rakuyo y lo arrojó a un pozo cuando ya no pudo soportar más su presencia.

Después de los eventos que sucedieron en la Aldea Pesquera, Maria no pudo soportar seguir blandiendo un arma. Tras ayudar a Gehrman a llevar al Huérfano a Byrgenwerth, Maria lanzó su arma al pozo de la Aldea.

La primera vez que nuestro Cazador escucha hablar de lady Maria es cuando los pacientes del Pabellón de Investigaciones de la Pesadilla la mencionan. Estos pacientes hablan de ella con un tono de admiración e incluso cariño. Algunos piden que Maria les agarre la mano o que los ayude y los cuide.

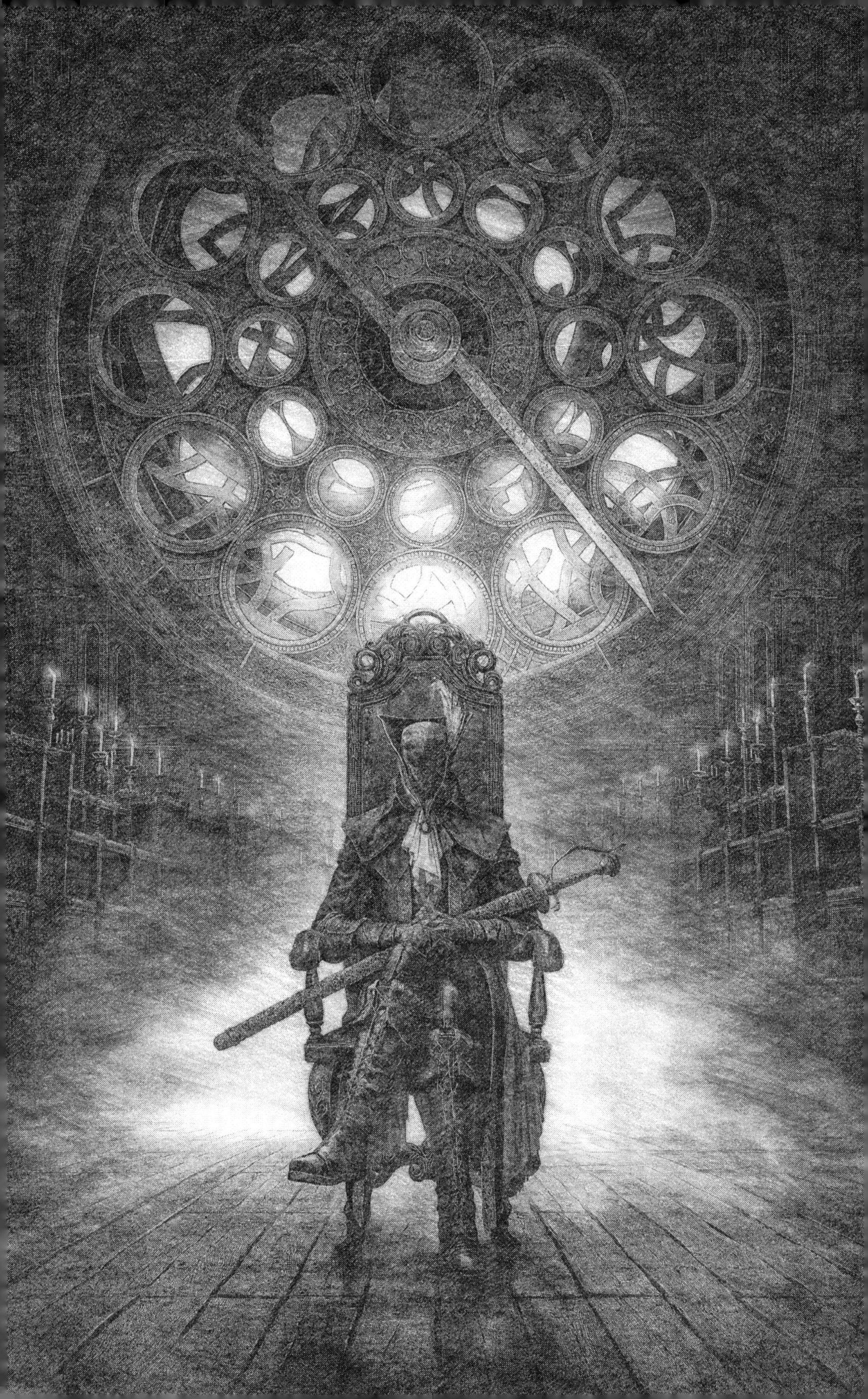

Llave del balcón

Llave del balcón de la primera planta del pabellón de investigación. Lady Maria, de la torre del reloj astral, regaló esto a la paciente Adeline. Maria esperaba que a Adeline le reconfortase la leve brisa que transportaba el aroma de las flores del exterior, pero Adeline no podía imaginar las implicaciones de sus intenciones.

Parece que Maria realmente se preocupaba por los pacientes de los experimentos de la Iglesia, pues dejaba sus ocupaciones para intentar que Adeline estuviera más cómoda durante su sufrimiento. Pese a que los experimentos eran atroces, no hay evidencias de que fuesen intencionalmente maliciosos para los pacientes. Puede que sea por causa de su propia locura, pero pareciera que los pacientes estuvieran ahí por su propia voluntad, algunos incluso piden perdón por haber fallado en los experimentos.

Maria murió. Su fallecimiento marcó el fin de una era y el inicio de la transición de la vieja Iglesia y de los Cazadores a algo nuevo. A lo que nuestro Cazador se encuentra a su llegada a Yharnam. Pero, ¿cómo murió Maria?

Cuando nuestro Cazador se encuentra con ella, parece estar muerta o, al menos, tan muerta como alguien consciente puede estarlo. Todo parece indicar que la causa de su muerte fue un corte en la garganta, ya que la sangre que mancha su atuendo parece haber caído desde el cuello. Además, durante su combate, se puede ver como clava su espada en la garganta cuando comienza la segunda fase del combate.

Pausemos un momento para recordar a otro individuo que, además de Gehrman y Maria, también dejó Byrgenwerth para irse con Laurence: Micolash. Hay muy poca información que hable de Micolash o de la Escuela de Mensis, la cual, sin duda alguna, fue fundada para continuar los labores de Byrgenwerth. Micolash fundó esta institución en una aldea oculta por la Iglesia, Yahar'gul. Desde aquí, Micolash pudo investigar en secreto y, en teoría, contar sus avances a Laurence.

Llave de la Catedral Superior

Llave del sello del Distrito de la Catedral superior. Los niveles superiores de la Iglesia de la Sanación están formados por la Escuela de Mensis, con sede en la Aldea Invisible, y por el Coro, que ocupa el Distrito de la Catedral superior. Esta llave te acerca un paso más al Coro.

La Escuela de Mensis seguramente estuviese ahí primero, pues sus investigaciones recuerdan a las de Byrgenwerth, y su método de investigar en secreto concuerda con la forma de trabajar que tenía la Iglesia de la Sanación en su origen.

Todo cambió con Viejo Yharnam. La Sangre Cenicienta fue una horrible epidemia que se extendió de forma descontrolada. Lógicamente, para detener dicha epidemia, el Trasvase de Sangre fue usado en exceso, en todas y cada una de las víctimas. Esto acabaría ocasionando la Infección de la Bestia.

Antídoto

Tabletas medicinales pequeñas que contrarrestan el veneno. Se utilizan para tratar la sangre cenicienta, la frustrante enfermedad que asoló el Viejo Yharnam tiempo ha. Estas tabletas solo ofrecen un alivio pasajero. La dolencia de la sangre cenicienta acabó por desencadenar la propagación de la infección de la bestia.

Tras lo de Viejo Yharnam, la Infección no pudo seguir manteniéndose en secreto. El Taller fue desmantelado y reemplazado con un nuevo grupo que se convertiría en Los Cazadores de la Iglesia de la Sanación, dirigidos por el Cazador Ludwig. El Taller ya no era necesario, y fue cerrado. Fue en este momento en el que parece que la Iglesia de la Sanación ganó mayor control sobre Yharnam, actuando como una especie de gobierno de la ciudad. Con la Iglesia firmemente asentada en el poder, siendo vista como la salvadora que trajo el Trasvase de Sangre a Yharnam, el Coro fue formado en el distrito superior de la ciudad.

En este punto, la Iglesia de la Sanación no era dirigida por Laurence o Gehrman, sino por la siguiente generación. El Coro gobernaba sobre la Iglesia mientras los Cazadores de Ludwig se convertían en las nuevas fuerzas del orden. La Escuela de Mensis se mantenía, pero, con el paso del tiempo, se fue separando de la Iglesia. Descontentos con los progresos que se habían hecho desde el **cisma** de Byrgenwerth, el Coro comenzó su propia investigación de la sangre de los Grandes.

Atuendo del Coro

Atuendo del Coro, miembros de alto rango de la Iglesia de la Sanación. El Coro está formado por los clérigos de mayor rango y por eruditos que continúan con el trabajo iniciado en Byrgenwerth. Junto con los Grandes abandonados, observan el cielo en busca de signos astrales que les permitan redescubrir la auténtica grandeza.

Es complejo saber qué porcentaje de la religión de la Iglesia era utilizada para manipular a los habitantes. Tampoco está claro si el Coro consideraba que los Grandes eran Dioses, o si simplemente los usaban como una forma de justificar sus investigaciones. Pero lo que sí sabían es que, dioses o no, sí que poseían algo divino. El nivel de detalle de los símbolos sagrados y de los grabados de la Iglesia muestran una alta veneración por los Grandes, siendo considerados un ente superior y, en especial, por el Grande Sin Forma, Oedon. Para tener una visión más cercana a las motivaciones e investigaciones del Coro, analicemos por un momento a la Doctora Iosefka, un personaje con el que nuestro Cazador se encuentra al principio de la historia.

Bloodborne comienza con nuestro Cazador despertando en la primera planta de la Clínica de Iosefka tras recibir su primer Trasvase de Sangre. Iosefka es la primera persona con la que podemos toparnos en Bloodborne. Tras morir al enfrentarse a la Bestia-Lobo, nuestro Cazador es enviado al Sueño del Cazador a obtener sus armas de Cazador. Si vuelve a la Clínica y sube las escaleras, se encontrará una puerta cerrada a cal y canto. A través de una rotura de la puerta, podemos ver a una mujer vestida de blanco con la que nuestro Cazador puede hablar.

> "¿Has...salido de caza? Entonces lo siento mucho,
> pero... no puedo abrir esta puerta. Soy Iosefka.
> No puedo exponer a los pacientes de mi clínica a la infección.
> Sé que cazas para nosotros, para nuestro pueblo, pero lo siento.
> Por favor. Es todo lo que puedo hacer."
> — Iosefka.

Iosefka ayuda a nuestro Cazador regalándole una muestra concentrada de su propia sangre, capaz de curarlo por completo.

Vial de sangre de Iosefka

Vial de sangre obtenido en la clínica de Iosefka. Esta sangre refinada, muy estimulante, repone más cantidad de PS. Es el producto de un lento y cuidadoso proceso de refinado. Este exótico vial de sangre parece ser original de la clínica.

Nuestro Cazador puede regresar a la clínica en cualquier momento para hacerse con más sangre concentrada, pero solamente puede portar un vial cada vez.

Si todavía no ha gastado el que tenía, Iosefka no le dará uno nuevo. Esto, sin embargo, cambia tras la muerte del Padre Gascoigne.

Esta vez, cuando nuestro Cazador visita a Iosefka, ya no habrá más viales de sangre concentrada. Ahora, la doctora le pedirá al Cazador que envíe a su clínica a los habitantes enfermos que se encuentre en Yharnam, para tratarlos y curarlos. Desde este punto, la doctora hablará con un tono de voz más profundo, y de hecho, su voz pertenece a otra persona. En los títulos de crédito, la actriz de voz que da vida a Iosefka es Jenny Funnel, pero hay una segunda actriz de voz, llamada Lucy Briggs-Owen, que da vida a un personaje llamado Falsa Iosefka. Esta Iosefka pedirá que nuestro Cazador envíe a más y más personas con el pretexto de cuidarlos y curarlos y, en cierto punto, nos recompensará con un Elixir Azul. Un objeto algo extraño para ser dado por una simple doctora cuya dedicación es el Trasvase de Sangre.

Elixir azul

Sospechosa medicina líquida usada en extraños experimentos dirigidos por altos ministros de la Iglesia de la Sanación. Es un tipo de anestésico que entumece el cerebro. Los cazadores, capaces de permanecer conscientes gracias a su fuerza de voluntad, aprovechan un efecto secundario de la medicina, que diluye su presencia mientras permanecen inmóviles.

No es hasta que nuestro Cazador consigue entrar a la Clínica desde una puerta trasera, conectada a una cueva oculta al Bosque Prohibido, que se descubre la verdad de las investigaciones de Iosefka. Todos los habitantes que nuestro Cazador había enviado a la Clínica estarán dentro, pero transformados en Celestiales, unas criaturas Familiares del Cosmos, de piel azulada. Si nuestro Cazador no envía a nadie, solo encontrará a una de estas criaturas, ubicada en la sala de pacientes. Si esta criatura muere, dejará un Vial de sangre de Iosefka, seguramente el que estaba listo para que la Iosefka original le entregase a nuestro Cazador a su regreso. Existen muchas posibilidades de que este Celestial es lo que queda de la Iosefka que nuestro Cazador conoce al inicio de la aventura. Si nuestro Cazador sube las escaleras del interior de la Clínica, pueden suceder dos cosas.

Si sube las escaleras **antes** de que la Luna de Sangre se haya alcanzado, la Falsa Iosefka lo atacará con un Bastón Enroscado, una Pistola de Repetición y, si su vida se reduce lo suficiente, utilizará Una Llamada del Más Allá, el arma definitiva de la Iglesia de la Sanación.

Una llamada del más allá

Uno de los ritos secretos del Coro. Hace mucho, la Iglesia de la Sanación usaba Fantasmas para alcanzar un plano elevado de la oscuridad, pero no lograron ponerse en contacto con los confines exteriores del cosmos. El rito no tuvo éxito, pero genero una pequeña estrella explosiva, que ahora es parte importante del arsenal del Coro.
A veces, el fracaso agudiza el ingenio.

La Falsa Iosefka es uno de los cuatro personajes que utilizan **Una llamada del más allá**, siendo los otros tres Micolash, el Loco olvidado, encontrado en el Cáliz de trastumba inferior, y Yurie, el miembro del Coro que se encuentra en Byrgenwerth. Se puede deducir entonces que la Falsa Iosefka es en realidad un miembro del Coro, que se trasladó del Distrito Superior de la Catedral a la Clínica, seguramente porque, debido a la expansión de la Infección de la Bestia, la zona del Distrito de la Catedral ya no era un lugar seguro para continuar con sus investigaciones. Tras ser derrotada, nuestro Cazador obtendrá una poderosa Runa de Caryll: Oedon Retorcido. Un punto interesante es que también puede obtenerse una versión más débil de esta runa si nuestro Cazador termina con la vida de la Monja Adella o, en su defecto, con la del Celestial que encontramos en la Clínica si enviamos a Adella a esta. Esta conexión solo refuerza la afiliación de la Falsa Iosefka con la Iglesia de la Sanación, y que desempeña un cargo superior al de una monja. Pero este es solo el primero de los dos posibles eventos que pueden ocurrir al entrar en la Clínica.

Si nuestro Cazador entra en la Clínica **después** de que se haya alzado la Luna de Sangre, Iosefka estará retorciéndose de dolor sobre una mesa de operaciones.

> *"Dios, tengo náuseas... ¿Tú te sientes así?*
> *Estoy progresando, puedo ver cosas...*
> *Lo sabía, soy diferente. No soy una bestia...*
> *Yo... Dios, qué desagradable...*
> *Pero demuestra que me han elegido... ¿No lo ves?*
> *Se retuercen... Se retuercen dentro de mi cabeza...*
> *Es... bastante... exultante..."*
> — Falsa Iosefka.

Con el tiempo suficiente para concluir su investigación, Iosefka comienza su ascensión. Si nuestro Cazador termina con su vida, obtendrá lo que yo creo que es el cordón umbilical del Huérfano, recuperado por el Coro en algún momento.

Pero, ¿qué clase de investigación era esta? ¿Qué hizo el Coro? ¿Cómo lo hizo? Esto nos lleva al último punto del actual capítulo: Ebrietas, la Hija del Cosmos.

Ebrietas se encuentra en lo más profundo del Orfanato, en el Distrito Superior de la Catedral.

Llave del orfanato

Llave del orfanato, origen del Coro. El orfanato, a la sombra de la gran catedral, era un lugar de estudio y experimentación en el que los jóvenes huérfanos se convertían en poderosos pensadores ocultos de la Iglesia de la Sanación. El Coro, que luego dividiría la Iglesia, fue una creación del orfanato.

Ya hemos establecido que, anteriormente, la Escuela de Mensis era la encargada de llevar a cabo las investigaciones de la Iglesia de la Sanación, siempre en secreto, desde Yahar'gul. Con el aumento de poder de la Iglesia tras el exterminio de Viejo Yharnam, ya no había necesidad de tanto secretismo e incluso se volvió a impulsar el uso masivo de la Vieja Sangre. Sería el Coro el que cumpliría este cometido, utilizando el Orfanato a modo de laboratorio.

Resulta necesario destacar que el Orfanato está ubicado justo detrás de la Gran Catedral. Recordemos lo que nos había dicho Gilbert:

> *"En el interior del Distrito de la Catedral se encuentra la Gran Catedral.*
> *El lugar donde nació la sangre especial de la Iglesia de la Sanación."*
> — Gilbert.

La Gran Catedral no es la cuna de la Vieja Sangre, pero sí es el lugar **desde** donde se administra de forma pública. La Sangre se obtiene en el Orfanato, de Ebrietas y de los Celestiales que se encuentran por la zona.

Ebrietas es un Grande que fue abandonado por los suyos. Colaboró con los trabajos y las investigaciones de la Iglesia de la Sanación. Hay varias referencias que confirman estos hechos.

Augurio de Ebrietas

Restos de la verdad arcana hallada en Byrgenwerth. Emplea Fantasmas, los invertebrados que ejercen de augures de los Grandes, para invocar parcialmente a la abandonada Ebrietas. El encuentro inicial señaló el principio de una indagación sobre el cosmos desde el interior del laberinto, y provocó la fundación del Coro.

Gran Cáliz de Isz

Un cáliz que rompe un sello del laberinto. Los grandes cálices abren lugares más profundos del laberinto. El gran cáliz de Isz se convirtió en el puntal del Coro, la delegación de élite de la Iglesia de la Sanación. También fue el primer gran cáliz en aflorar desde la época de Byrgenwerth, y permitió al Coro comunicarse con Ebrietas.

¿Quién es Ebrietas? ¿Cuál es su propósito? ¿Qué tipo de investigaciones permitieron que llevase a cabo la Iglesia de la Sanación? ¿Y qué relación tiene con los Grandes y con la Vieja Sangre?

Lo que viene a continuación es mi propia interpretación basada en las evidencias que he recopilado. No consideres esto como un hecho certero. Es más, aprovecha mi interpretación para sacar tus propias conclusiones.

En sus orígenes, la Iglesia de la Sanación operaba en secreto. Micolash continuó sus investigaciones sobre la Vieja Sangre, secuestrando y experimentando con individuos. Laurence administraba la Vieja Sangre contra las enfermedades, y si alguien sucumbía a la Infección de la Bestia, este era eliminado por los Cazadores de Gehrman, al abrazo de la noche. Mientras esto sucedía, la Iglesia continuaba sus investigaciones acerca de los Grandes, sin conexión con Byrgenwerth. En un principio, el único Grande conocido por la Iglesia de la Sanación era Kos, el Grande que llegó desde las profundidades del océano. Por ello, las investigaciones acerca de los Grandes realizadas por la Iglesia, estaban **también vinculadas al agua.**

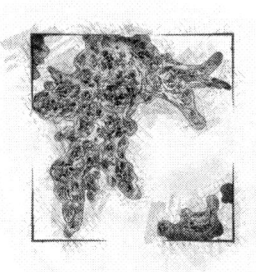

Fluido cerebral

Fluido cerebral grisáceo con forma de ameba. Palpita. Extraido de un paciente cuya cabeza se expandió hasta que no hubo otra cosa. En los comienzos de la Iglesia de la Sanación, los Grandes estaban vinculados al oceano, así que los pacientes cerebrales absorbían agua y escuchaban el aullido del mar. El fluido cerebral se retorcía dentro de la cabeza, señal del nacimiento de ojos internos.

Las investigaciones fueron un fracaso pues, como sabemos, los Grandes no tienen su origen en el agua, sino en el Cosmos y en las Tierras del Sueño. Por ello, los experimentos no tuvieron éxito. Estos experimentos estaban supervisados por Lady Maria, que observaba desde la Torre del Reloj Astral.

Tras la masacre de la Aldea Pesquera, Maria se rehusó a seguir cazando. En su lugar, inició su propia investigación acerca de los Grandes para la Iglesia de la Sanación. Pero su conciencia nunca pudo olvidar las atrocidades que ella y Gehrman cometieron en la Aldea Pesquera y cómo el Huérfano fue arrancado de las entrañas de su madre. Jamás podría olvidar algo así.

"Expiación para los condenados... Por la ira de la madre Kos..."
– Sacerdote de la Aldea Pesquera.

No todo fue destruido en la Aldea Pesquera. Los parásitos que ocupaban el cuerpo de Kos se las apañaron para infectar a los aldeanos, transformándolos en Familiares del Cosmos. Gehrman fue el Primer Cazador, y Maria su mejor alumna. En este aspecto, se puede considerar que estos dos fueron el padre y la madre de los Cazadores. Todo el que se haga llamar Cazador, no importa a qué organización esté afiliado, será, de alguna forma, descendiente de Gehrman y Maria, los que dieron caza al Huérfano de Kos.

"Maldice a los demonios. Maldice a sus hijos, y a los hijos de sus hijos, para siempre."
– Sacerdote de la Aldea Pesquera.

Quizás las pesadillas de lo ocurrido atormentaban a Maria. Quizás, desesperada, continuó sus investigaciones. Después de todas esas atrocidades cometidas, algún resultado positivo tenía que haber, ¿no?

La realidad es que no. Cada experimento, cada nuevo intento, resultó ser un fracaso, un camino sin salida. Los pacientes llegaron a ver la frustración de Maria, llegando incluso a pedir perdón por los fracasos de los experimentos a los que se sometían. Es posible que, con el tiempo, se fuese volviendo menos compasiva con los pacientes, y más atormentada por la culpa. Por un lado, era incapaz de cumplir su deseo de revelar la verdad sobre Kos y los Grandes pero, por otro lado, se preocupaba por los pacientes del Pabellón de Investigaciones y no quería verlos sufrir. Solo quedaba una salida.

> *"Lo sé muy bien.*
> *La dulce llamada de los secretos.*
> *Solo una muerte honesta te curará ahora.*
> *Te liberará de tu curiosidad desbocada."*
> — Lady Maria de la Torre del Reloj Astral.

María terminó quitándose la vida. Su muerte marcó el fin de una era. En este punto, Micolash y la Escuela de Mensis ya se habían distanciado de la Iglesia de la Sanación. Gehrman cayó en una depresión y el Taller fue cerrado y abandonado. La vieja, secreta y tranquila Iglesia de la Sanación comenzó a decaer, y hubiese desaparecido por completo si no fuese por los eventos de Viejo Yahrnam.

La Iglesia siempre dependió de la sangre milagrosa para ganar nuevos adeptos, y Viejo Yharnam fue la oportunidad perfecta para expandir su religión de forma masiva. Tras la purga de Viejo Yharnam, la Iglesia alcanzó su máximo esplendor. Ya no podía operar en secreto y, además, era necesario encontrar una fuente **que proporcionase todavía más Sangre.**

Gran Cáliz de Isz

Un cáliz que rompe un sello del laberinto.
Los grandes cálices abren lugares más profundos del laberinto.
El gran cáliz de Isz se convirtió en el puntal del Coro, la delegación de élite de la Iglesia de la Sanación. También fue el primer gran cáliz en aflorar desde la época de Byrgenwerth, y permitió al Coro comunicarse con Ebrietas.

Y así nació el Coro. Una delegación de élite de eruditos y clérigos, que de forma instantánea se convirtieron en los líderes de la Iglesia de la Sanación. El Coro se adentró en el laberinto, llegando a profundidades a las que nadie había vuelto a llegar desde los días de gloria de Byrgenwerth, buscando una nueva fuente de Sangre y una nueva forma de llevar su investigación a un nuevo nivel. Viajaron a las ruinas de la Ciudad Pthumeria de Isz, cuya última visita había sido hecha por los Eruditos de Byrgenwerth. El objetivo del Coro era encontrarse con Ebrietas, la Hija del Cosmos.

El Gran Cáliz de Isz fue depositado en el Orfanato, situado detrás de la Gran Catedral, y este serviría como el principal laboratorio del Coro. Es curiosa la gran cantidad de carritos de bebé que se encuentran abandonados por todo Yharnam. Muchos jugadores se habrán encontrado o dejado notas al lado de estos carritos con las palabras *infante despreciable...* Pero, **¿dónde están todos los bebés?** No hay ningún ataúd del tamaño de un niño en las calles de Yharnam, pero sí muchos, muchos carritos. Donde sí que hay ataúdes para niños es en el Distrito Superior de la Catedral.

En el Orfanato, el Coro comulgó con Ebrietas y utilizó su nuevo conocimiento para experimentar con los bebés que eran abandonados o enviados al edificio. Es posible que, tras la expansión de la Infección, el Coro fuese directamente a los habitantes de Yharnam para llevarse a los bebés y niños bajo el pretexto de protegerlos hasta que la Cacería hubiese terminado.
Los yharnamitas no tenían motivos para desconfiar de la Iglesia. Incluso estarían encantados de que una entidad gubernamental tuviese ese nivel de preocupación por el bienestar de los niños.

En los **Jardines de Lumenflores**, se pueden observar los resultados de sus experimentos. Parece que los Celestiales brotan del suelo. Incluso, el hecho de que a la zona se le llame *jardín* parece sugerir, de forma aterradora, que los Celestiales eran cosechados como un cultivo.
Esta era la fuente de la *sangre especial* de Yharnam. Los niños que ascendían a Celestiales eran cosechados y usados como fuentes de Sangre para la Iglesia. Una fuente renovable que permitía abastecer a la ciudad tanto como fuese necesario.

La Falsa Iosefka fue una investigadora que, cuando el Distrito de la Catedral sucumbió a la Infección de la Bestia, abandonó el Distrito Superior y se ocultó en la Clínica. El hecho de que en el Distrito Superior existan Bestias de la Plaga obvia que ni el Coro era capaz de contener la infección, y que hasta los investigadores tuvieron que huir. Uno de ellos huyó a Byrgenwerth, el primer miembro del Coro con el que se topa nuestro Cazador. Yurie se encuentra deambulando por la segunda planta del Edificio de Byrgenwerth. Viste una Gorra con venda de ojos.

Gorra con venda de ojos

Atuendo del Coro, miembros de alto rango de la Iglesia de la Sanación. El Coro está formado por los clérigos de mayor rango y por eruditos que continúan con el trabajo iniciado en Byrgenwerth. Se cubren los ojos para mostrar su deuda con las enseñanzas del maestro Willem, a pesar de haber seguido un camino divergente.

El Coro tenía un gran respeto por el Maestro Willem pese a haberse separado de él. Nunca hubo violencia entre las dos facciones de Byrgenwerth, solo una filosofía diferente que llevó a una inevitable división. No hay duda de que el Coro siempre vio al Maestro Willem como una figura muy respetada, ya que este había conseguido alcanzar lo que el Coro ansiaba encontrar: ascender al nivel de los Dioses.

En los primeros días tras el lanzamiento de *Bloodborne*, todo el mundo hablaba de Iosefka. ¿Quién era? ¿Era una impostora? ¿Cuándo cambió de bando? ¿Quién era la verdadera Iosefka? La Iosefka falsa se llevó el foco de atención, dejando a la verdadera en un segundo plano. A la gente le impresionó tanto el descubrimiento de que Iosefka había sido reemplazada por una impostora que se olvidaron de la original. ¿Quién era la Iosefka real? Al igual que la impostora, viste el Atuendo de Iglesia Blanco.

Atuendo de Iglesia blanco

Atuendo de doctores especiales de la Iglesia. Estos doctores son superiores a los cazadores preventivos negros, y especialistas en trasvase de sangre apoyado por la experimentación y en la infección de la bestia. Piensan que la medicina no es una forma de tratar, sino un método de investigación, y que hay conocimientos que solo pueden obtenerse si uno se expone a la enfermedad.

Esto implica que Iosefka era un miembro de alto rango de la Iglesia, una especialista de la experimentación con sangre. En su clínica se pueden ver cuerpos arrojados a fosos, una descomunal cantidad de viales llenos de sangre y cientos de notas escritas. También hay Celestiales en el Bosque Prohibido que parecen haber salido de la Clínica. ¿Cómo puede esto ser obra de la Falsa Iosefka si **la original no desaparece hasta la muerte del Padre Gascoigne**? Y para añadir más misterio, ¿cómo fue reemplazada?

No existen pruebas de que sea posible copiar la cara de alguien, por lo que solo hay una posibilidad de que una persona tenga el mismo rostro que otra, que sea su hermana. En la parte trasera de la Clínica se encuentra un Celestial a medio transformar muerto en una mesa de operaciones. La Iosefka original no era una inocente doctora. Fue la que descubrió y desarrolló el proceso de transformación. Esto explica por qué uno de sus viales puede ser encontrado en la Pesadilla de Mensis, y por qué el Coro compartía sus investigaciones con la Escuela de Mensis. Es posible que el Vial de Sangre de Iosefka sea, por sí mismo, la llave para la transformación en Celestial, siendo así un objeto original de la Clínica. Quién sabe qué le habría pasado a nuestro Cazador si hubiese consumido demasiados viales.

Cuando la Falsa Iosefka se instaló en la Clínica, llevó consigo un artefacto que el Coro había recuperado previamente de Byrgenwerth, el **Cordón del Ojo del Huérfano de Kos**. La Falsa Iosefka buscó ascender del mismo modo que lo hizo el Maestro Willem, alineando su cerebro y sus ojos de la misma forma en la que él lo hizo años atrás.

> "Se retuercen... Se retuercen dentro de mi cabeza... Es... bastante... exultante..."
> – Falsa Iosefka.

La Falsa Iosefka no está embarazada. El tiempo para continuar sus investigaciones se ha terminado y, en un intento desesperado, utiliza el Cordón del Ojo encontrado por Byrgenwerth. Pero no funciona, y la prueba de ello es que su sangre es de un color rojo oscuro.

> *Busca sangre pálida para superar la caza.*
> – Nota encontrada en la Clínica de Iosefka.

Esta es la primera nota que nuestro Cazador recibe. Muchos jugadores se han percatado de que la sangre de ciertos enemigos no es roja, sino más bien de un color pálido. No obstante, esta **no** es la Sangre Pálida a la que la nota se refiere.

Si esta fuese la sangre de los Grandes, la sangre de las Amygdalas, del Huérfano, de la Nodriza y de la Presencia Lunar debería ser de ese color pero, en cambio, es de un color rojo oscuro. Hay otros cuya sangre yo llamo Sérum: Celestiales, Chupamentes, el Maestro Willem, Rom y **Ebrietas.**

La sangre de Rom, como mortal ascendida que es, es roja si se golpea en su cuerpo pero, en cambio, si se golpea su cabeza llena de ojos, sangrará el Suero de los Familiares. Esto también sucede con las Arañas que convoca. El Sérum no es la sangre de los Grandes. Es más bien la sangre de los Familiares del Cosmos. Aquellos que una vez fueron mortales, pero lograron ascender y convertirse en Familiares de los Grandes. Cabe destacar que Ebrietas es nombrada la **Hija** del Cosmos. Pero esto no encaja con el hecho de que todos los Grandes pierden a sus hijos. Los Grandes no buscan hijos, buscan sustitutos.

Es posible que Ebrietas fuese pthumeria, pues fue encontrada por los Eruditos en la Ciudad Pthumeria. Está documentado que los pthumerios investigaron y experimentaron con la Vieja Sangre, y que esta los llevó a ascender y acercarse a la Verdad Arcana, pero fueron encontrados y mermados antes de que pudiesen lograr ascender y convertirse en Grandes. La Infección de la Bestia se extendió por la población y la Luna de Sangre se elevó. Los Grandes descendieron y un útero fue sembrado con un bebé. El embarazo de la Reina Yharnam y su bebé Mergo fue un fracaso y, en busca de un sustituto, Ebrietas, posiblemente una investigadora pthumeria, ascendió al nivel de los Grandes. Es interesante ver como continuamente llaman a Ebrietas la **abandonada**. Ebrietas no es un verdadero Grande, es alguien que ascendió y se convirtió en un Familiar, como hizo Willem. Los pthumerios son una civilización antigua, quién sabe cuánto tiempo le llevó a Ebrietas alcanzar su forma actual. Quizás en un siglo el Maestro Willem se parezca a ella.

Fue abandonada cuando los Grandes dejaron Pthumeru tras su caída. Y así esperó en el Laberinto, cuidando a los Fantasmas, pequeñas criaturas con forma de babosa que eran reconocidas como familiares de los Grandes. Cuando los Eruditos se encontraron con ella en Isz, Ebrietas encontró una salida para comulgar con el mundo exterior.

Willem y los Eruditos encontraron a Ebrietas y, a través de ella, comenzaron su investigación de la Vieja Sangre, su sangre contaminada, la sangre de una hija sustituta del Cosmos. Fue a través de la sangre contaminada de Ebrietas que la tragedia que una vez arrasó Pthumeru se volvería a repetir en la ciudad de Yharnam, como si de una maldición se tratase.

Puede que el nombre de Ebrietas provenga de la Mariposa Ebrietas, una especie encontrada en América del Sur que, ignorando el cuerpo distorsionado de la Hija del Cosmos, sus colores y anatomía parecen encajar. Cuando nuestro Cazador se encuentra con ella, esta se halla delante de un cuerpo. El cuerpo de una Araña Vacua. Hay que recordar que aunque alguien muera en la vida real, su consciencia puede mantenerse viva en las Tierras del Sueño. Ebrietas perdió a su hija, Rom. Es una tragedia, pues todos los Grandes pierden a sus hijos.

Pero había muchos más sustitutos que podían encontrarse en los carritos de Yharnam.

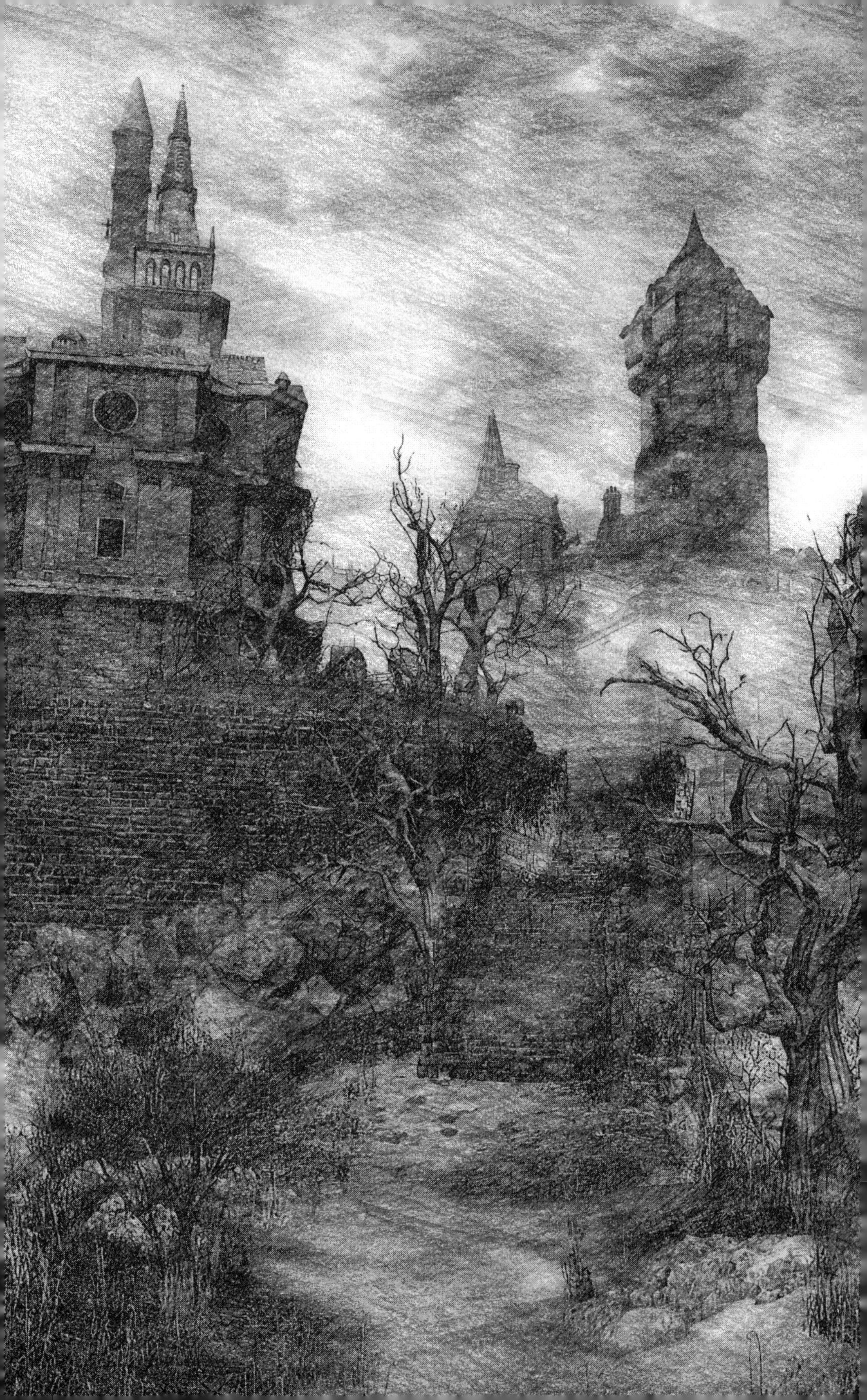

Capítulo 03
Djura, los Polvorillas, la Sangre Cenicienta y Viejo Yharnam

*"En el Viejo Yharnam,
quemado y abandonado
por los hombres, ya solo hay bestias.
No suponen una amenaza para los de arriba.
Da la vuelta...
O el cazador se enfrentará a la cacería..."*
— Djura, Cazador Retirado.

Nuestro Cazador encuentra a Djura por primera vez al entrar a Viejo Yharnam. Allí, Djura le aconseja que regrese por donde ha venido. Cuando nuestro Cazador ignora su advertencia, Djura, decepcionado, comienza una agresiva defensa de Viejo Yharnam. Pero, para descubrir en realidad quién es Djura, echemos primero un vistazo a la historia de los herejes del taller, los Polvorillas.

Para comenzar, solamente utilizaré la información y las evidencias que pueden ser encontradas en el juego. Guardaré mi interpretación y mis propias opiniones para el final, de esta forma podrás crear tus propias conclusiones con los hechos presentados.

Los Polvorillas eran, y recalco **eran**, un grupo de cazadores con un gusto particular por lo dramático y un amor por los diseños complejos, intrincados y explosivos. Se desviaron del estilo simplista con el que Gehrman, el Primer Cazador, fabricaba el armamento, y optaron por un estilo más ambicioso y excesivo.

Influenciados por el amor a las llamas y el deseo de aplastar y quemar, fabricaron el Martillo Explosivo, su arma predilecta.

Martillo explosivo

Un arma con truco usada por los viejos cazadores y creada por los Polvorillas, los herejes del taller. Es un martillo gigante equipado con un horno en miniatura. Al encenderlo y dispararlo, emite una salva de llamas que explotan con violencia al impactar. Aplastar a las bestias y luego quemarlas: a los cazadores que más despreciaban a las bestias les encantaba la brutal simplicidad del martillo explosivo.

Otra arma ligeramente extraña fabricada por los Polvorillas fue el Estacador, el arma favorita de Djura.

Estacador

Un arma con truco creada por los Polvorillas, los herejes del taller. A Djura, el cazador retirado, le encanta. El estacador, con su complicado diseño, clava gruesas estacas en la carne de los enemigos. Permite obtener ataques críticos muy dañinos, pero es difícil de usar y su portador queda al descubierto, aunque esto a los Polvorillas no les importa.

Estas dos nuevas armas con truco, junto a otras como la Lanza fusil y la Sierra giratoria, eran drásticamente distintas en comparación con los diseños previos fabricados en el Taller de los Cazadores.

De todas formas, los Polvorillas no solo se enfocaron en las armas con truco, también intentaron aumentar el tamaño y la potencia de fuego de su arsenal con el Cañón y la Ametralladora Gatling.

También debe darse a los Polvorillas el crédito del diseño del Cóctel molotov con cuerda, pues este estará disponible en los Mensajeros de la Fuente una vez obtenida la Insignia de cazador de los Polvorillas.

Los Polvorillas fueron expulsados del Taller y considerados herejes. Aparentemente, los Polvorillas ya no existen como tal, pues todas las referencias al grupo están en pasado e incluso su insignia los llama *difuntos Polvorillas*. Parece que se disolvieron, o fueron eliminados, hace mucho tiempo, y que ya nadie se acuerda de ellos. Su relación con el Taller evidencia que los Polvorillas son un grupo relativamente antiguo, pues incluso el propio Taller dejó de ser una institución importante hace tiempo.

Insignia de cazador con sierra

Insignia creada hace mucho en el taller. Es símbolo de gran destreza como cazador de bestias. El taller ya no existe, y ningún grupo reconoce esta insignia excepto los mensajeros de la Fuente, que comprenden su significado. Hay cosas que solo pueden ser confiadas a un cazador que posea esta insignia, o eso creen ellos.

El único remanente que queda de los Polvorillas se encuentra en el Cazador Retirado Djura. Pero, ¿quién es Djura?

Con la salida del juego, una fotografía oficial de Djura mostraba la siguiente descripción: *"Un viejo cazador veterano del que se dice que posee una gran habilidad. Nadie lo ha visto en muchos años, y parece que ha ido en solitario desde hace tiempo."*

Su atuendo también nos arroja algo de información.

Gorra de lobo gris

Atuendo del cazador retirado Djura. Esta gorra de lobo gastada era su seña de identidad. Djura es conocido por su contacto con los Polvorillas, los herejes del taller. Se dice de él que era extraordinariamente amable y tonto de remate. Djura se vio superado por la situación del Viejo Yharnam y renunció a sus votos de cazador.

Lo de "extraordinariamente amable" es cierto. Djura es el único personaje en Bloodborne que muestra empatía por aquellos afectados por la Infección de la Bestia.

> *"Lo que cazas no son bestias.*
> *Son personas."*
> – Djura, Cazador Retirado.

Hay que resaltar la descripción de su atuendo, pues menciona que había tenido **contacto** con los Polvorillas, pero no que fuese uno de sus **miembros**. Es posible que Djura conociese a los Polvorillas y tuviese cierta amistad con ellos. Porta la Insignia de cazador de los Polvorillas, así que, al menos, tuvo que ser un Miembro Honorario. Seguramente viajó con los Polvorillas, ya que en la descripción de su Ametralladora Gatling se menciona que tenía tres compañeros, y que el arma pertenecía anteriormente al más joven de ellos.

Pero la característica más importante de Djura es que, al igual que nuestro Cazador, fue antaño parte del Sueño del Cazador.

"Ya no sueño, pero yo también fui cazador."
"Tienes toda la noche para soñar. Aprovéchala."
— Djura, Cazador Retirado.

Además, sabe que terminar con la vida de nuestro Cazador solo hará retrasarnos un tiempo. Si nuestro Cazador muere, Djura nos dirá:

"¿Debo pensar que todavía tienes sueños?
Bueno, la próxima vez que sueñes, piensa...
En la cacería, en su propósito..."
— Djura, Cazador Retirado.

A diferencia de nuestro Cazador y de Djura, seguramente el resto de Cazadores sean ciudadanos comunes y corrientes. Si ese fuese el caso, seguramente hubiese mucha más información y referencias al Sueño del Cazador. Los Cazadores que resultan poseer algo especial, son elegidos por Gehrman y vinculados al Sueño del Cazador. Personalmente, me refiero a este grupo como los **Cazadores de la Sangre Pálida**. La Muñeca nos cuenta que no somos el primero de estos Cazadores.

"Son incontables los cazadores que han visitado este sueño.
Aquí se alzan las tumbas que los recuerdan.
Parece que ha pasado tanto tiempo."
— Muñeca del Sueño del Cazador.

Djura fue, en el pasado, un Cazador de la Sangre Pálida, como nuestro Cazador. Se retiró de la Cacería y renunció a sus votos para vivir en solitario. Lo que nos conduce, en la actualidad, a Viejo Yharnam.

Viejo Yharnam es un área opcional en el juego, pero nuestro Cazador es incitado por Gehrman a visitar la zona y conseguir el Cáliz de Pthumeru, custodiado por la Bestia Sedienta de Sangre en una vieja iglesia en ruinas.

La historia cuenta que Viejo Yharnam fue un lugar asolado por una terrible enfermedad, conocida como **Sangre Cenicienta**.

Antídoto

Tabletas medicinales pequeñas que contrarrestan el veneno. Se utilizan para tratar la sangre cenicienta, la frustrante enfermedad que asoló el Viejo Yharnam tiempo ha. Estas tabletas solo ofrecen un alivio pasajero. La dolencia de la sangre cenicienta acabó por desencadenar la propagación de la infección de la bestia.

Estos antídotos eran usados para calmar temporalmente los síntomas de las víctimas afectadas por la enfermedad mientras eran tratados por una temprana Iglesia de la Sanación. Lo que realmente apaciguaba los síntomas de la enfermedad era el Trasvase de Sangre, el procedimiento medicinal que se convirtió en la piedra angular de Yharnam. Con la propiedad de poder curar cualquier enfermedad, el Trasvase de Sangre de la Iglesia de la Sanación curó la plaga de inmediato. Pero, como se menciona en la descripción anterior, la Sangre Cenicienta fue la desencadenante de la Infección de la Bestia.

Con el Trasvase de Sangre llegó la Infección de la Bestia, pues la Vieja Sangre utilizada en el proceso extendió la enfermedad por la ciudad. Se logró contener una pandemia, pero su tratamiento fue el origen de otra, al igual que ocurrió en Loran.

Cáliz raíz de Loran inferior siniestro

Cáliz raíz que rompe varios sellos del laberinto. Cuando se usa en un ritual, este cáliz siniestro invoca la campana resonante siniestra. La mujer de la campana parece ser una pthumeria loca. En rincones del afligido Loran quedan restos de procedimientos médicos. No se sabe si con ellos se pretendía controlar la infección de la bestia o si fueron el motivo de la propagación.

Con la Infección de la Bestia fuera de control, un Cazador fue llamado.

Ahora tenemos tres piezas de un puzzle: Djura, los Polvorillas y Viejo Yharnam. Pero estas tres piezas no se conectarán hasta que nuestro Cazador se encuentre con una edificación escondida en Viejo Yharnam.

Cerca de la torre en la que se encuentra Djura hay un edificio accesible a través de una larga escalera. En su interior descansan dos cuerpos. Uno de ellos porta una Lanza fusil, el otro viste el Atuendo de cazador carbonizado. A su lado, se encuentra una nota.

*La luna roja está baja y las bestias dominan las calles.
¿Tenemos alguna otra opción que no sea reducir todo a cenizas?*

— Nota encontrada en Viejo Yharnam.

Lo que viene a continuación es mi propia interpretación basada en las evidencias que he recopilado. No consideres esto como un hecho certero. Es más, aprovecha mi interpretación para sacar tus propias conclusiones.

Tras la muerte de Maria y el retiro de Gehrman, la Iglesia de la Sanación perdió una parte significativa de su poder. La Escuela de Mensis comenzó a desvincularse de la Iglesia y parecía que todo iba cuesta abajo. Mientras la Iglesia de la Sanación continuaba sus investigaciones del Laberinto Phutmerio, descubrieron un pantano en el Bosque Prohibido.

Localizado justo debajo de una de sus clínicas, el pantano estaba inundado por un mortal veneno y en él vivían unas extrañas sanguijuelas. Es posible que el veneno provenga de las Trastumbas del Laberinto, ya que también allí se pueden encontrar estos pantanos. En el mismo pantano también se encuentran varios gigantes deambulando torpemente, similares a los que la Iglesia de la Sanación usaría en el futuro para reforzar sus defensas en Yharnam. Es probable que estas criaturas sean el resultado de la mutación de los habitantes de estas tierras a causa del veneno estancado. Fuera como fuese, la Iglesia de la Sanación descubrió que estas sanguijuelas secretaban una sustancia tóxica. En el Bosque Prohibido también se encuentra el Atuendo de Iglesia blanco.

Atuendo de Iglesia blanco

Atuendo de doctores especiales de la Iglesia. Estos doctores son superiores a los cazadores preventivos negros, y especialistas en trasvase de sangre apoyado por la experimentación y en la infección de la bestia. Piensan que la medicina no es una forma de tratar, sino un método de investigación, y que hay conocimientos que solo pueden obtenerse si uno se expone a la enfermedad.

Así pues, la Iglesia generó la enfermedad de la Sangre Cenicienta a partir de las sanguijuelas y la extendió por Viejo Yharnam.

A medida que la Sangre Cenicienta comienza a crecer en Viejo Yharnam, Laurence y la Iglesia llegaron con la Vieja Sangre, con la promesa de una cura para cualquier enfermedad. Fueron considerados salvadores por administrar su milagrosa *sangre especial* a los habitantes de Yharnam, aumentando en poder y estatus. Pero, como se menciona en el **Antídoto**, con la Sangre Cenicienta llegó la Infección. Aquellos que habían comulgado con la Iglesia cayeron víctimas de la Infección de la Bestia y se convirtieron en aterradoras criaturas.

Con Gehrman retirado, y sus Viejos Cazadores disueltos, la Iglesia tenía la necesidad de encontrar un nuevo taller para lidiar con las víctimas de la Sangre Cenicienta. Se fundó el **Taller de Oto** y se reclutó en masa a Cazadores para combatir a la creciente Infección de la Bestia. Estos Cazadores, a diferencia de los discretos Cazadores de Gehrman, eran numerosos y eliminaban a las bestias con furia y brutalidad.

Gorra de viejo cazador

Gorra de viejo cazador con ala ancha para ocultar su mirada penetrante. Antiguamente, cuando había cazadores de sobra, era parte de su atuendo estándar.

Durante esta etapa de la Plaga de la Sangre Cenicienta, era común ver a grupos de Cazadores merodeando por las calles en busca de aquellos que habían sucumbido a la Infección de la Bestia. Era una época de auténtico horror para los habitantes de Yharnam, que mantenían una incertidumbre constante pensando quién sería el siguiente en convertirse en bestia, quién moriría o quién sería aniquilado en el baño de sangre. Las calles eran un constante campo de batalla entre los Cazadores y las Bestias, pues la Infección se fue de control y un incontable número de habitantes cayó presa de la enfermedad. Poco tiempo pasó para que el Taller de Oto se transformara en algo nuevo.

Insignia de martillo flamígero

Insignia creada por el taller de Oto, precursor del taller de los Polvorillas herejes. Los Polvorillas tenían ideas muy peculiares y fabricaban armas muy elaboradas. Está claro que, en esta época, su filosofía ya estaba totalmente establecida.

Los Polvorillas nacieron como respuesta al enorme aumento del número de Bestias y al peligro que estas supusieron. Y, con ellos, llegó un joven hombre llamado Djura.

Djura era, como nuestro Cazador, un Cazador de Sangre Pálida guiado por Gehrman. Cuando comenzó la Cacería de Viejo Yharnam, Djura despertó en el Sueño del Cazador y actuó como lo haría nuestro Cazador en el presente. Comenzó siendo débil, pero acumuló Ecos de Sangre y aumentó su destreza gracias a la Muñeca. Encendió las lámparas, dejó las notas, se enfrentó a jefes y murió, seguramente muchas veces, y volvió a despertarse en una lámpara para intentarlo de nuevo. Fue durante esta etapa que Djura entró en contacto con los Polvorillas.

Djura se unió a los Polvorillas en la Cacería de Viejo Yharnam. Se le permitió usar su armamento y llegó a convertirse en un miembro honorable, y un buen amigo. Pero, a medida que la amenaza de Viejo Yharnam creció y la Infección se extendía, la línea entre hombre y bestia comenzó a diluirse.

Cuando la luna roja estaba baja, Djura, observando a sus compañeros caídos en batalla, abrió su libreta y escribió: *La luna roja está baja y las bestias dominan las calles. ¿Tenemos alguna otra opción que no sea reducir todo a cenizas?*

La Infección de la Bestia no podía pararse, y los Polvorillas ya no podían hacer nada por contener la enorme cantidad de bestias. Los Polvorillas, con su personalidad dramática, su naturaleza explosiva, y su amor por el fuego y la dinamita, no fueron amables con Viejo Yharnam. **La ciudad fue purificada.** Los Polvorillas arrasaron Viejo Yharnam hasta sus cimientos. Con la Luna de Sangre en el cielo y las Bestias tomando el control, no quedaba otra opción que dejar que Viejo Yharnam se consumiese en llamas.

Atuendo de cazador carbonizado

Uno de los artículos habituales en el atuendo de un cazador elaborado en el taller. Es producto de la infección de la bestia que invadió el Viejo Yharnam y que culminó en la purificación por fuego de la ciudad. La humedad de la capa la hace muy resistente al fuego. Los portadores cazaron a las víctimas de la infección que sobrevivieron a las llamas y al hedor de la sangre quemada.

El atuendo de cazador carbonizado, vestido por los Polvorillas, muestra que hombres, mujeres y niños fueron cazados y purgados. La ciudad entera fue erradicada para evitar la expansión de la Infección de la Bestia. Djura fue partícipe de estos acontecimientos y es posible que intentase poner freno a todo esto. Pero también es posible que, voluntariamente, fuese partícipe de la matanza. Da igual cómo ocurriese, lo que está claro es que Viejo Yharnam fue devastado, y jamás podría recuperarse.

Cuando el **Amanecer** estaba próximo, Djura regresó al Sueño del Cazador, donde Gehrman, el Primer Cazador, lo esperó bajo el árbol. Avergonzado y arrepentido de la carnicería que había cometido, se arrodilló y aceptó su muerte, cortando su vínculo con el Sueño del Cazador. Cuando se despertó, el Sol brillaba en lo alto y la Cacería había terminado. El taller condenó y etiquetó a los Polvorillas como herejes. Los Polvorillas que no habían caído en combate estaban tan ebrios de sangre que terminaron arrastrados por la Pesadilla del Cazador. El único que quedó fue Djura, quien viajó a Viejo Yharnam, el lugar al que había causado tanto daño, y renunció a sus votos de Cazador. Si nadie se preocupaba por las bestias de Viejo Yharnam, al menos él las protegería de que fuesen víctimas de otro baño de sangre.

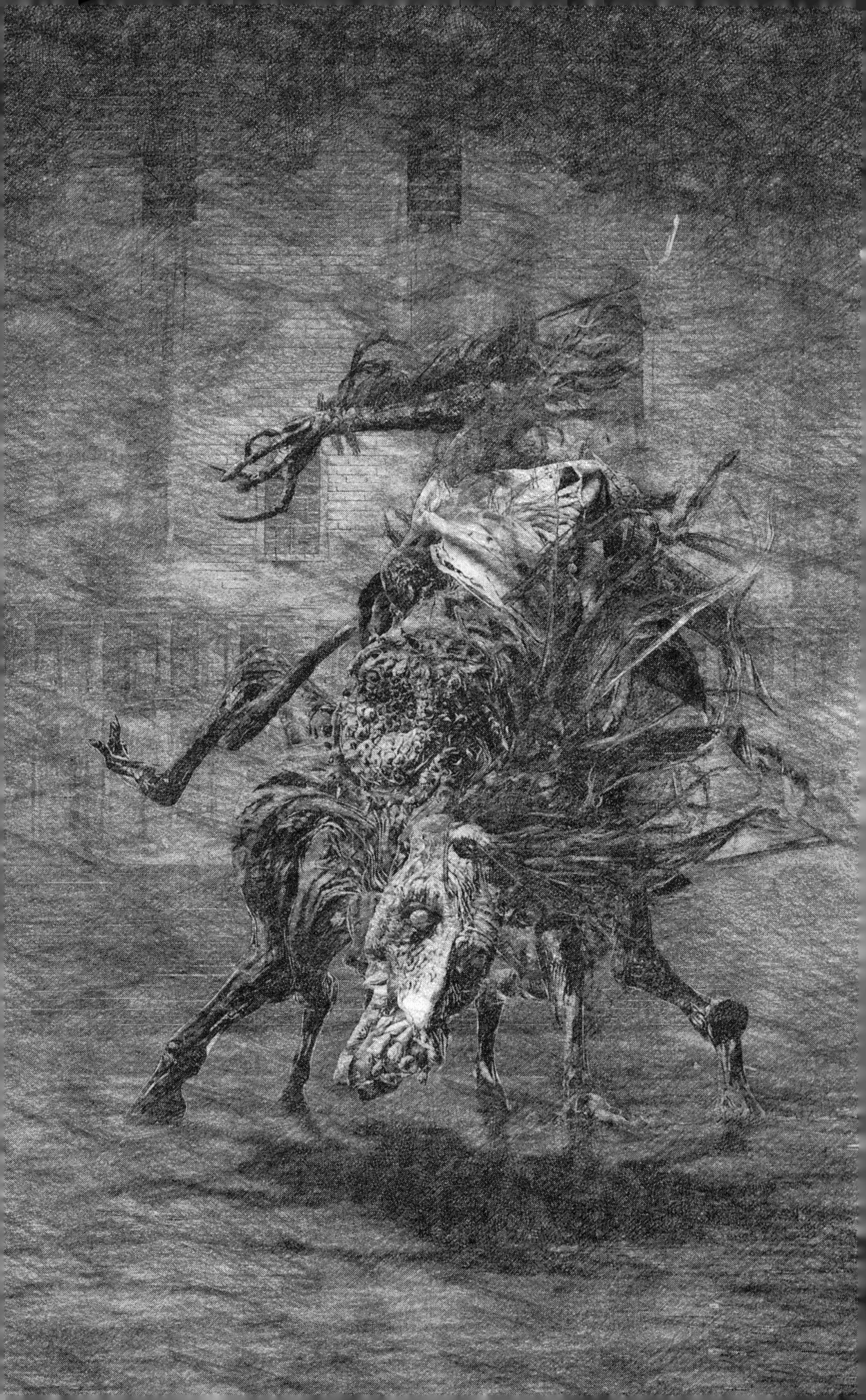

– Capítulo 04 –
Ludwig, las Cacerías, Padre Gascoigne y Eileen

*"¿Qué es ese olor?
La dulce sangre, oh, me está hablando.
Basta para volver loco a un hombre..."*
— Padre Gascoigne.

Cuando nosotros, como jugadores, comenzamos la aventura de *Bloodborne*, no somos conscientes de las monstruosidades arcanas, ni de las terribles verdades, ni de las incomprensibles entidades que existen más allá del tiempo y el espacio. Ninguno de estos detalles fue incluido en los materiales promocionales del juego. La terrible realidad y la inspiración de *Bloodborne* en los **Mitos de Lovecraft** fue guardada en secreto hasta su lanzamiento. Lo primero que nos encontramos es con la Cacería, en la que avanzamos asustados y desesperados por encontrar respuestas.

Para comenzar, solamente utilizaré la información y las evidencias que pueden ser encontradas en el juego. Guardaré mi interpretación y mis propias opiniones para el final, de esta forma podrás crear tus propias conclusiones con los hechos presentados.

En Yharnam, la sangre fluye como el agua. En esta ciudad no encontrarás bares, pubs o tabernas. Solamente sangre.

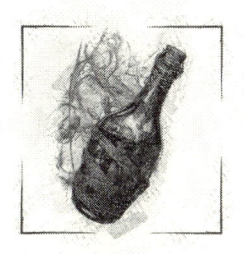

Cóctel de sangre acre

Coctel añejo de sangre que, cuando se lanza, emite un olor acre que atrae a las bestias sedientas de sangre. Una valiosa herramienta que por desgracia escasea. En Yharnam elaboran más sangre que alcohol, ya que la primera es más embriagadora.

La sangre es una fuente de placer, de entretenimiento, de adoración y de devoción en Yharnam. Incluso Arianna, una prostituta, se presenta a nuestro Cazador entregándole un vial de su propia sangre, en vez de ofreciéndole servicios sexuales. Pero la sangre que fluye por la ciudad no es una sangre cualquiera. Solo fluye la sangre que la Iglesia de la Sanación permite que fluya.

La Vieja Sangre, la de Ebrietas en concreto, es administrada a los ciudadanos por los llamados Pastores de la Sangre, unos doctores especiales que continúan el arte comenzada por el Primer Vicario, Laurence. Ya hemos mencionado la posibilidad de que Ebrietas tome su nombre de una mariposa, pero, en latín, también existe la palabra *ebrietas*, y su significado es **embriaguez** o **intoxicación**. La sangre de Ebrietas no solo era una salida a la Plaga de la Sangre Cenicienta, sino que, además, servía como una droga cuya adicción era más fuerte que la del propio alcohol. Pero con la rápida expansión del uso de la Vieja Sangre llegó la Infección de la Bestia.

Tras la purga de Viejo Yharnam y de que saliese a la luz la Infección de la Bestia, se hizo necesaria una alternativa para lidiar con el asunto. El secretismo ya no era una opción y, por ello, el Taller fue cerrado y desmantelado. Sin embargo, la gran posición de poder que poseía la Iglesia de la Sanación en este momento permitió el nacimiento de sus nuevos Cazadores. Al frente de este reciente grupo estaba Ludwig, el nuevo líder de la milicia de la Iglesia. En el Sueño del Cazador, Gehrman dice:

> "La Iglesia de la Sanación y los pastores de la sangre
> que pertenecen a ella fueron guardianes de los cazadores,
> en la época del cazador... Ludwig."
> – Gehrman, el Primer Cazador.

Insignia de cazador con espada

Una de las insignias creadas por la Iglesia de la Sanación. La espada de plata representa a los cazadores de la Iglesia. Ludwig fue el primero de los cazadores de la Iglesia de la Sanación, muchos de los cuales eran clérigos. Como acabo sucediendo, los clérigos se transformaron en las bestias más nauseabundas.

Poco se sabe de los orígenes de Ludwig, pero por la insignia que porta, conocemos que perteneció a un linaje de nobles guerreros llamados **Espadas Sagradas**.

Insignia de cazador con espada radiante

Una de las insignias creadas por la Iglesia de la Sanación. La espada radiante simboliza a los herederos de la voluntad de Ludwig. Estos cazadores, también conocidos como Espadas Sagradas, son lo que queda de una línea ancestral de héroes que se remonta a la época del honor y de la caballería.

Como se refleja en las armas predilectas de los Cazadores de la Iglesia de la Sanación, Ludwig tenía una forma de cazar bestias muy distinta a la que tenían sus predecesores.

Espada sagrada de Ludwig

Un arma con truco usada por la Iglesia de la Sanación. Se dice que la espada de plata fue empleada por Ludwig, primer cazador de la Iglesia. Al transformarla, se combina con su funda para formar un espadón. Difiere en varios aspectos del diseño del taller, lo que sugiere que la Iglesia esperaba bestias inhumanas mucho mayores.

Fusil de Ludwig

Un fusil usado habitualmente por cazadores de la Iglesia de la Sanación. Se dice que fue empleado por Ludwig, el primer cazador de la Iglesia. Su cañón largo y pesado compensa la lenta recarga con un gran alcance. El fusil de Ludwig muestra variaciones respecto al diseño del taller, lo que sugiere que la Iglesia esperaba bestias inhumanas mucho mayores.

Estas dos armas nos sirven para observar el cambio en el diseño del armamento entre el Taller de Gehrman y el de Ludwig. Mientras que los Cazadores de Gehrman preferían armas ligeras, rápidas, ágiles y fáciles de llevar ocultas, los cazadores de Ludwig preferían armas de gran envergadura. Estos cazadores no trabajaban de forma secreta, sino que se movían por la ciudad de forma evidente, portando sus armas a la vista de los ciudadanos. Tras lo ocurrido en Viejo Yharnam, la Iglesia de la Sanación entendió que más y más peligrosas criaturas seguirían surgiendo del uso de la Vieja Sangre, así que sería necesario armas más contundentes para enfrentarse a la amenaza.

Ludwig procuró lidiar con la Infección de la Bestia de una forma muy distinta a como hicieron sus predecesores. En los tiempos de Laurence y Gehrman, la Iglesia de la Sanación y el Taller trabajaban en las sombras. La Escuela de Mensis investigaba en secreto, Laurence perfeccionaba la técnica del Trasvase de Sangre y los Cazadores de Gehrman se ocupaban de arreglar los problemas. Cuando un individuo sucumbía a la Infección, los Cazadores de Gehrman se ocupaban de eliminarlo al abrigo de la noche para evitar dejar algún rastro que los habitantes pudiesen descubrir. Con Ludwig se tomó un nuevo enfoque: No ignorar a los ciudadanos, sino **armarlos**.

Atuendo de cazador de Yharnam

Ludwig, primer cazador de la Iglesia de la Sanación, reclutó una vez yharnamitas como cazadores. Este atuendo de cazador era para los reclutas novatos y proporciona una defensa esplendida. Pero no lo suficiente como para que un hombre corriente tenga opciones contra las bestias.

Ludwig batallaría a las bestias de una manera pública, a través de purgas y **Cacerías**. Armando a la población, informándola y trabajando junto a los ciudadanos de Yharnam a defenderse. La Iglesia hizo un llamamiento a las armas para unirse a los Cazadores.

Desafortunadamente, esto causó un bucle infinito. Las Bestias crecían en número y por la necesidad de combatirlas, los ciudadanos se unían a las Cacerías y tomaban la Vieja Sangre para combatir al enemigo. A causa de tomar esta sangre infectada, tarde o temprano se convertirían en Bestias, lo que implicaría más ciudadanos armándose y tomando la Vieja Sangre de nuevo. Y además, la Iglesia cada vez necesitaba Cazadores más fuertes, lo que produciría posteriormente Bestias más peligrosas.

Insignia de cazador con espada

Una de las insignias creadas por la Iglesia de la Sanación. La espada de plata representa a los cazadores de la Iglesia. Ludwig fue el primero de los cazadores de la Iglesia de la Sanación, muchos de los cuales eran clerigos. Como acabó sucediendo, los clerigos se transformaron en las bestias más nauseabundas.

Los Cazadores pronto pasarían a estar sedientos de sangre, corruptos e **intoxicados** por la misma. Los propios Cazadores se convertirían en una amenaza. Y es por esto que nuestro Cazador se ve enfrentado a un nuevo grupo de ellos. Un grupo particularmente misterioso: los Cazadores de Cazadores. En Yharnam Central nuestro Cazador se encuentra con Eileen, la Cazadora de Cuervo, quien le advierte.

"Prepárate para lo peor.
Ya no quedan humanos.
Ahora todos son bestias hambrientas de carne."
— Eileen, la Cazadora de Cuervo.

Es una advertencia totalmente contraria a la de Djura, quien dice que las bestias todavía son humanos. Eileen pertenece a una misteriosa organización conocida como los Cazadores de Cazadores, mencionada en la Runa de Caryll "Cazador":

Runa de Caryll "Cazador"
Una runa de Caryll que transcribe sonidos inhumanos. Esta runa manchada de rojo significa "Cazador" y ha sido adoptada por aquellos que tomaron el juramento de Cazador de cazadores.
Estos vigilantes amonestan a los que se han ofuscado con sangre. Sea hombre o bestia, si alguien amenaza a los que han hecho el juramento de "Cazador", seguro que tiene un problema con la sangre.

Aparentemente, los Cazadores de Cazadores son una orden todavía más antigua que el propio Taller, encargados de lidiar con los Cazadores intoxicados por la Vieja Sangre.

Insignia de cazador de cuervo
Insignia de un cazador de cazadores, que caza a los que se han ofuscado con sangre. La insignia del cazador de cazadores pasa de una generación a otra, normalmente a un extranjero de las tierras remotas. Para recibir esta insignia maldita, hay que ser fuerte, resistente a la seducción de la sangre y cortés al quitarle la vida a un camarada.

El uso en singular de **extranjero** parece implicar que solamente existe un Cazador de Cazadores por cada generación. Es curioso la especificación de que, por lo general, el Cazador de Cazadores es un extranjero. Y, de hecho, el acento de Eileen no parece ser el mismo que el de los yharnamitas. Es posible que, sin importar quienes fueran estos Cazadores, se decidiese que los yharnamitas no eran los adecuados para una tarea tan importante como esta, pues su adicción a la sangre los hacía poco confiables.

Pero es el origen de los Cazadores de Cazadores lo que más me interesa. ¿De dónde vienen? El Atuendo de plumas de cuervo nos ofrece una pequeña píldora de información.

Atuendo de plumas de cuervo

Atuendo de Eileen el Cuervo, cazadora de cazadores, conocida por su capa de plumas de cuervo. Los cazadores de cazadores se visten como cuervos para sugerir un entierro celestial. El primero vino de un país extranjero y eligió un rito funeral nativo en vez de imponer a los muertos la forma blasfema de Yharnam, con la esperanza de que sus compatriotas pudieran volver al cielo y encontrar descanso en un sueño del cazador.

La mención explícita del Sueño del Cazador es bastante peculiar. Eileen parece conocer el Sueño, ya que menciona a la Muñeca si nuestro Cazador termina con su vida.

> "Saluda a la muñequita de mi parte..."
> — Eileen, la Cazadora de Cuervo.

Al igual que Djura, parece que Eileen fue en algún momento una habitante del Sueño. Una Cazadora de Sangre Pálida, al igual que nuestro Cazador.

> "Se acabaron los sueños para mí. Es mi última oportunidad."
> — Eileen, la Cazadora de Cuervo.

Esta no es la única conexión que Eileen y los Cazadores de Cazadores tienen con Gehrman y el Sueño de los Cazadores. La Hoja de piedad, principal arma de los Cazadores de Cazadores, nos dice:

Hoja de piedad

Un arma con truco utilizada por cazadores de cazadores. Es una de las armas más antiguas del taller. Se divide en 2 al activarla. Las hojas torcidas están forjadas con siderita, un mineral exotico del cielo. Es muy eficaz en ataques rapidos, como despues de un paso rapido.

Una de las armas más antiguas. La Hoja de piedad es una de las dos únicas armas fabricadas con siderita, un extraño mineral que cayó del cielo. La otra resulta ser la Hoja de entierro de Gehrman, la primera arma con truco fabricada.

Hoja de entierro

Un arma con truco que llevaba Gehrman, el primer cazador. Es una obra maestra que definió toda la batería de armas que se crearon en el taller. Su hoja está forjada con siderita, que se dice que cayó de los cielos. Sin duda, Gehrman veía la caza como una especie de elegía de despedida en la que solo deseaba que su presa descansara en paz y nunca más se despertara en otra angustiosa pesadilla.

No se conoce con exactitud la conexión entre Gehrman y los Cazadores de Cazadores. Es posible que los Cazadores de Cazadores se formasen para vigilar el Taller. También es posible que estos Cazadores fuesen una facción que terminó separándose de Gehrman. Sean cuales sean sus motivos, su objetivo está claro: encontrar y eliminar a los Cazadores que hayan sucumbido a la sed de sangre. Dos de estos Cazadores se convertirán en el objetivo de Eileen: Henryk y Gascoigne.

El Padre Gascoigne es el primer jefe oficial de *Bloodborne*, ya que la Bestia Clérigo, pese a poder encontrarse antes, es un jefe opcional. Gascoigne hace la función de primer jefe real del juego, y también sirve de anticipo a lo que el jugador se encontrará en la aventura. Como cualquier otro veterano de la saga *Souls*, me adentré en *Bloodborne* con una mentalidad muy específica: precaución. Estudiar al enemigo, buscar sus debilidades, esperar a que baje la guardia, golpear una vez, retroceder, golpear de nuevo... Es una forma de jugar lenta, segura y pasiva que ha calado en la mayoría de jugadores de la saga. Parece que Gascoigne haya sido puesto en la zona inicial de juego **precisamente** para estos jugadores.

Gascoigne tiene las mismas herramientas que el jugador puede tener. Utiliza un Hacha de Cazador como arma y un Trabuco de Cazador como arma de fuego. Puede ser aturdido, pero también puede aturdir. En estos aspectos, Gascoigne es un paralelismo con nuestro Cazador. La única diferencia entre el Padre y nuestro Cazador es la enfermiza agresividad con la que Gascoigne lucha. Embiste con violencia, se mueve con fluidez, esquivando los ataques y manteniendo la presión sobre nuestro Cazador. Parece casi un mensaje de los desarrolladores del juego al jugador: *"Tienes las mismas herramientas que él, ¿por qué no puedes ganar? No es injusto, no está haciendo trampa. Está jugando, al igual que tú. Entonces, ¿por qué te está **masacrando**?"* El jugador aprende rápidamente que, o se adapta al Padre Gascoigne, o seguirá muriendo constantemente.

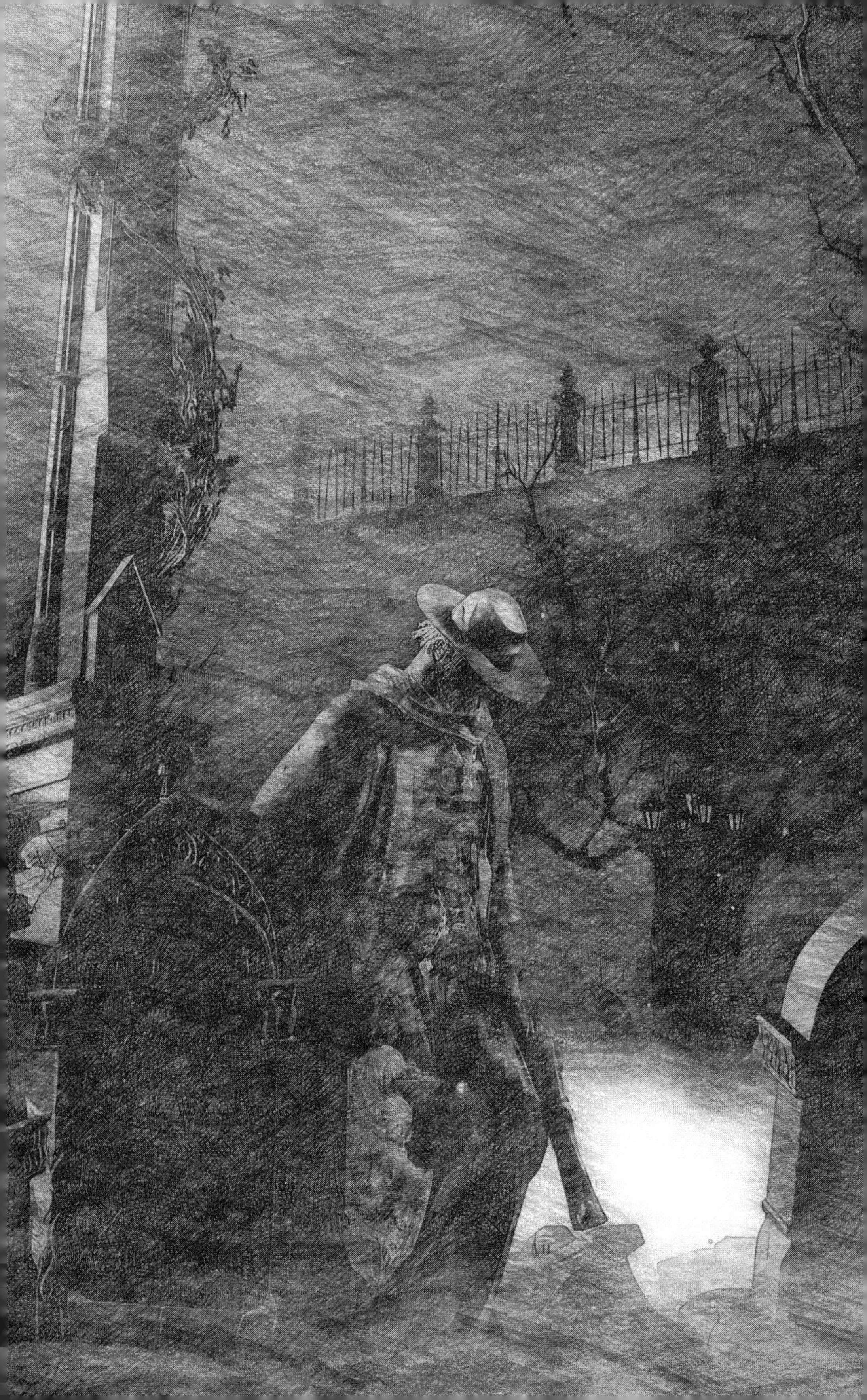

El combate lento y pasivo ya no es una opción válida. Para dominar *Bloodborne*, el jugador debe esquivar, ser agresivo e impasible, al igual que el Padre Gascoigne.

Una vez que la barra de vida de Gascoigne baja lo suficiente, él se transformará. Caerá presa de la Infección, y se convertirá en una poderosa Bestia que aumentará su agresividad y no dará un respiro a nuestro Cazador.

Pero, para entender mejor al Padre Gascoigne, comencemos analizando lo que podemos conocer de él a través del juego.

Atuendo de Gascoigne

Atuendo de cazador del padre Gascoigne. La sucia bufanda es un Chal Santo, símbolo de la Iglesia de la Sanación, de la que Gascoigne acabo separándose. "Padre" es el título de los clérigos en un país extranjero y no hay equivalente en la Iglesia de la Sanación.

Esta descripción parece implicar que Gascoigne vino hasta Yharnam, como muchos otros, buscando el milagroso Trasvase de Sangre capaz de curar cualquier enfermedad. Nuestro Cazador fue también uno de estos viajeros, y Gilbert, y muchos otros. Al igual que Gilbert y Eileen, el acento de Gascoigne es ligeramente distinto al del resto de yharnamitas. Viendo que Gascoigne viste un atuendo similar al de los Vigilantes de la Iglesia de la Sanación, y que porta las armas del Taller, claramente fue entrenado como Cazador de la Iglesia después de su llegada a Yharnam.

No está claro cuál fue el motivo por el que Gascoigne abandonó la Iglesia. Puede que simplemente quisiese dedicarse a su familia. Después de todo, podemos encontrar a las hijas de Gascoigne escondidas en su casa. Y son las hijas las que nos brindan las piezas clave para entender al personaje de Gascoigne.

> "¿Eres un cazador? ¿Entonces puedes buscar a mi mami, por favor?
> Papi no volvió de la cacería y mami fue a buscarlo, pero ahora ella tampoco vuelve...
> Y yo estoy sola... y asustada..."
> — Hija menor de Gascoigne.

Pareciese que, cuando la Cacería llamó, Gascoigne respondió. Pese a haberse separado de la Iglesia, todavía estaba dispuesto a limpiar las amenazas de las calles, junto al resto de yharnamitas. Al no regresar a casa, su esposa Viola salió en su búsqueda.

> *"Mi mami lleva un broche rojo con una joya.*
> *Es muy grande... y bonito. No pasa desapercibido."*
> — Hija menor de Gascoigne.

Cuando por fin nos topamos con Gascoigne, el Padre se encuentra desmembrando un cadáver. Se gira hacia nuestro Cazador, revelando su caída frente a la infección de la Vieja Sangre.

> *"Bestias por todas partes...*
> *Serás una de ellas, antes o después..."*
> — Padre Gascoigne.

En un balcón cercano, un broche rojo cuelga del cuerpo sin vida de una mujer. Pero, ¿cómo llegó a pasar todo esto? ¿Qué pasó con Ludwig? ¿Cuál es la historia del Padre Gascoigne? ¿Por qué está Eileen en Yharnam?

Lo que viene a continuación es mi propia interpretación basada en las evidencias que he recopilado. No consideres esto como un hecho certero. Es más, aprovecha mi interpretación para sacar tus propias conclusiones.

Todo cambió tras los eventos de Viejo Yharnam. La Iglesia, vista como una salvadora, tenía ahora el control. Ya no era necesario el secretismo, ya que ganaba poder constantemente. Gracias a este poder y con la constante propagación de la Infección, la Iglesia pudo cerrar el Taller y sustituirlo por los Cazadores de la Iglesia de la Sanación, liderados por Ludwig. Ludwig era un hombre valiente, honrado y noble, que dio un nuevo enfoque a los Cazadores, reclutándolos de forma pública, entrenado a los habitantes de Yharnam para el combate contra los peligros de la Cacería y trabajando en el diseño de nuevo armamento que facilitase la eliminación de las Bestias.

Ludwig era descendiente de un antiguo linaje de héroes conocidos como los Espadas Sagradas, nacidos hacía muchas generaciones. Es posible que fuese uno de los estudiantes de Gehrman y que, tras su retiro, lo sucediese y fuese puesto al cargo del nuevo Taller en el Distrito de la Catedral Superior. Es este Taller en el que podemos encontrar la Insignia de Cazador con Espada Radiante, que permite al jugador adquirir la Espada y el Fusil de Ludwig.

Pero la Insignia de Cazador con Espada Radiante también desbloquea otro equipamiento.

Atuendo de buscador de tumbas

Atuendo de buscadores de tumbas que exploran el antiguo laberinto de parte de la Iglesia de la Sanación. Las raíces de la Iglesia se remontan a Byrgenwerth, y es plenamente consciente de la importancia de las ruinas. Contienen mucho más que simples baratijas de cazadores. De hecho, ocultan los secretos de los Grandes, buscados por aquellos capaces de imaginar la grandeza.

Gracias a su insignia, podemos obtener una mayor perspectiva del arsenal de Ludwig. Porta una Espada Sagrada y un Rifle, sus armas favoritas. Viste el Atuendo de Buscador de tumbas o, al menos, lo visitó en algún momento. Es posible que Ludwig se adentrase en el Laberinto buscando un arma o una solución para terminar con la Infección de una vez por todas. Quizás solo buscaba la Verdad, para entender el origen de la Infección. Lo que encontró allí fue la Espada de Luz de Luna Sagrada.

Espada de luz de luna sagrada

Una espada arcana descubierta por Ludwig hace mucho tiempo. Cuando la luz de la luna azul baila alrededor de la espada y canaliza el cosmos abisal, su fantástica hoja emite una onda luminosa sombría. La espada de luz de luna sagrada es sinónimo de Ludwig, la espada sagrada, pero han sido muy pocos los que han podido verla, y sea cual sea la ayuda que proporciona, parece ser bastante reservada y esquiva.

Parece que fuese algo destinado, que el heredero del legado de las Espadas Sagradas se topase con tal arma. Con ella, Ludwig se aseguraría el título de Espada Sagrada: un héroe para los ciudadanos aterrados por la Infección de la Bestia, y un líder para los Cazadores de la Iglesia que lo siguieron a la batalla. Pero, tal y como describe la Espada de Luz de Luna Sagrada, poca gente llegó a verla. Es como si Ludwig la guardase siempre a buen recaudo, evitando que los demás pudiesen siquiera poder posar sus ojos en ella.

> "Estuviste a mi lado.
> Todo el tiempo.
> Mi mentor, luz de luna que me guía..."
> – Ludwig, la Espada Sagrada.

La Espada de Luz de Luna Sagrada era más que una simple arma. Su hoja ofrecía una guía a Ludwig.

Runa de Caryll "Guía"

Una runa de Caryll descubierta por el viejo cazador Ludwig junto a la espada de luz de luna sagrada. Potencia la cantidad de vida restaurada al recuperarse. Cuando Ludwig cerró los ojos, vio oscuridad, o quizá la nada, y fue entonces cuando descubrió los minúsculos seres de luz. Ludwig estaba convencido de que estos duendecillos juguetones ofrecían "guía" y eliminaban sus miedos, al menos en mitad de una cacería.

Cuando cazaba, Ludwig dejaba que la espada lo guiase. Cerraba sus ojos y seguía las guías que marcaba la Espada Luz de Luna para erradicar a las bestias. No sentía miedo, y esto lo convirtió en un arma para la Iglesia de la Sanación.

> *"Sin miedo en nuestros corazones,*
> *poco nos diferencia de las bestias."*
> — Eileen, la Cazadora de Cuervo.

El cambio de personalidad de Ludwig no pasó inadvertido. Sus palabras revelan que había algunos que se referían a él como un "degenerado, obsesionado con las bestias". En lo más profundo de su mente, Ludwig sabía que lo que hacía, estaba mal.

> *"Querido cazador, ¿has visto el hilo de luz?*
> *Volátil cual cabello, pero me aferré a él,*
> *impregnado como estaba en el hedor de la sangre y las bestias.*
> *Nunca quise saber qué era realmente.*
> *De verdad. No quise."*
> — Ludwig, la Espada Sagrada.

Pese a todo, continuó usando la Espada de Luz de Luna Sagrada y siguiendo su guía, con la esperanza de asegurar un futuro en el que los Cazadores de la Iglesia de la Sanación se convirtiesen en guerreros honorables que protegieran a los ciudadanos. Estaba dispuesto a perder su prestigio, si con ello lograba alcanzar esa meta.

Ludwig se adentraba cada vez más en una espiral de sangre y matanza. Con cada movimiento de la Espada de Luz de Luna Sagrada, se acercaba a la bestialidad. En cierto punto, y sediento de sangre, Ludwig fue arrastrado a la **Pesadilla del Cazador**, maldito a revolcarse en un foso de cadáveres por toda la eternidad.

Sin Ludwig, los Cazadores de la Iglesia de la Sanación comenzaron a desmoronarse poco a poco. Las Cacerías bien organizadas pasaron a convertirse en muchedumbres de yharnamitas patrullando las calles, arrastrando a los infectados y clavándolos en estacas. Para fortalecerse, los Cazadores comenzaron a depender cada vez más de la Comunión. La Iglesia de la Sanación administraba más y más Vieja Sangre a los Cazadores con el objetivo de dotarlos de más poder para eliminar a las Bestias. Uno de estos Cazadores fue el Padre Gascoigne.

Gascoigne llegó a Yharnam buscando una cura a su enfermedad, viendo en el Trasvase de Sangre su única esperanza para sobrevivir. Fue ahí cuando se entrenó como Cazador, seguramente bajo la tutela de un hombre llamado Henryk.

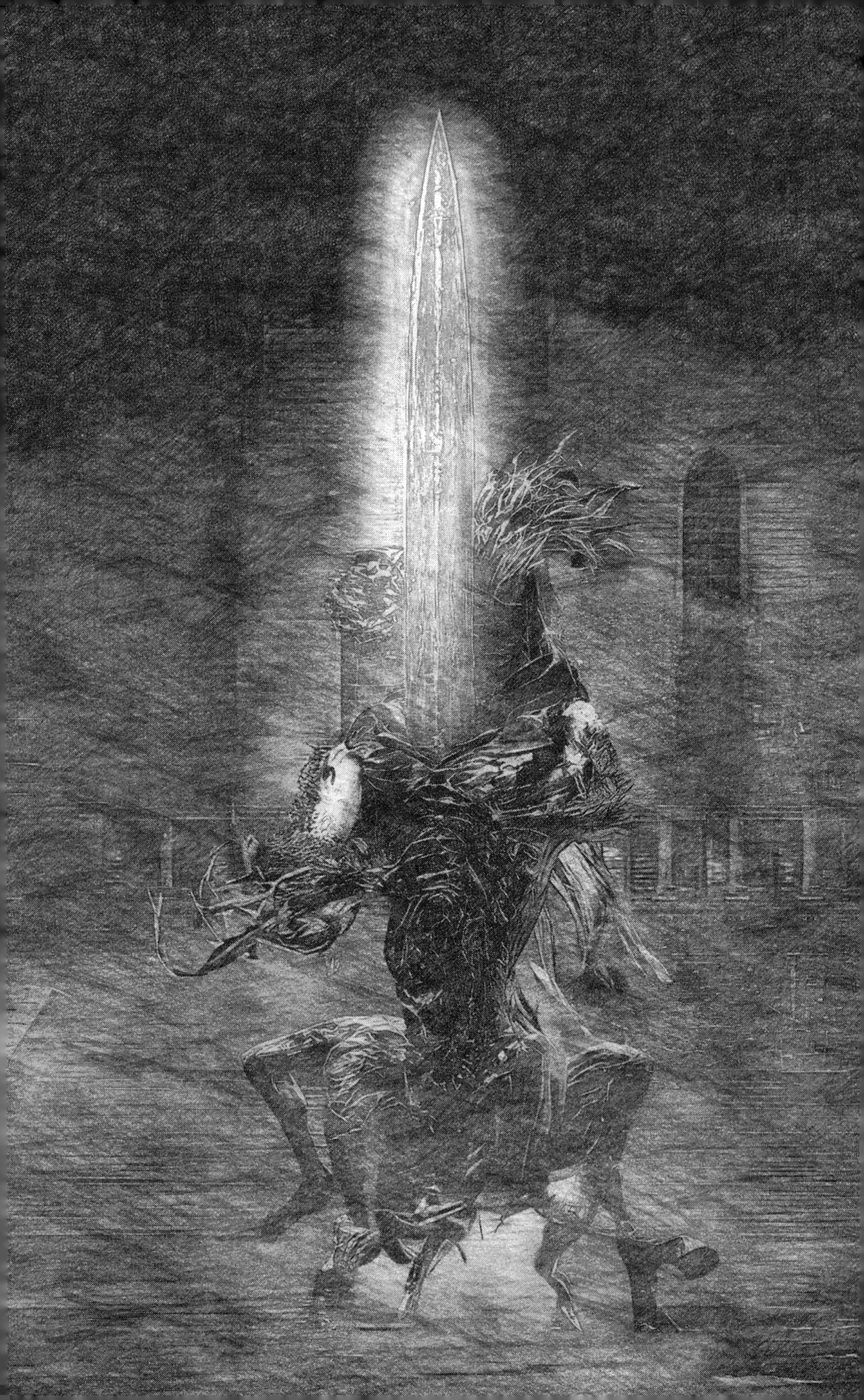

De Henryk se sabe muy poco. No usa el atuendo de los Cazadores de la Iglesia de la Sanación, sino que viste el de los Cazadores del Taller, el atuendo de los Cazadores de Gehrman. También se hace referencia varias veces a que Henryk es un *viejo* cazador, y el archivo de voz que usa como Cazador NPC está dentro de la categoría de *Vejez*, grupo de archivos destinados a los personajes ancianos.

Rápidamente, el dúo formado por Gascoigne y Henryk ganó fuerza. Eran **compañeros Cazadores y buenos amigos.**

Atuendo de cazador de Henryk

Atuendo de Henryk, el viejo cazador. El taciturno Henryk era un viejo cazador que acompañaba al padre Gascoigne y, aunque formaban un dúo aguerrido y gallardo, su asociación fue la causa de la larga y trágica vida de Henryk. El peculiar atuendo amarillo de Henryk resiste los rayos y le será de gran ayuda a cualquier cazador que haya heredado la responsabilidad de dicha labor.

Lo que aquí llama la atención es la frase larga y trágica vida. Es posible que Henryk, ya anciano, hubiese enfermado o se hubiese debilitado con la edad. Gascoigne, además de querer ver a su viejo amigo con vida, tenía otro motivo para que Henryk siguiese en pie; el amor por la hija de este.

> "¡Sí, vale! Gracias, señor cazador.
> ¡Te quiero casi tanto como a mami y a papi, y al **abuelito**!"
> — Hija menor de Gascoigne.

Nuestro Cazador se topa con Henryk en la Tumba de Oedon, el mismo lugar en el que estaba Gascoigne, pero a diferencia de este, que estaba en trance deshaciéndose de una bestia, Henryk se encuentra al lado del cuerpo de Viola, la esposa de Gascoigne. En este momento, Henryk ha perdido la cordura y ha sucumbido a la maldición de la Vieja Sangre.

Gascoigne se había enamorado de Viola, la hija de Henryk. Quizás el Padre fue quien convenció a Henryk, al verlo viejo y débil, a aceptar la Comunión con la Iglesia de la Sanación. El anciano Cazador del Taller era consciente de lo que suponía hacer uso de la Vieja Sangre pero, confiando en Gascoigne, el padre de sus nietas, aceptó el Trasvase de Sangre.

Gascoigne aceptó también el Trasvase pero, en su caso, hubo complicaciones.

"Si encuentras a mi madre, dale esta caja de música.
Suena una de las canciones favoritas de papi.
Y cuando papi se olvida de nosotras, la tocamos para que se acuerde.
Mami es tan despistada... ¡Mira que irse sin ella!"
— Hija menor de Gascoigne.

La Vieja Sangre de la Iglesia de la Sanación puede sanar cualquier enfermedad, pero no puede curar una mente dañada. El Padre Gascoigne viajó a Yharnam en busca de una cura para su enfermedad mental, pero el Trasvase de Sangre no pudo ayudarle. Incluso la sangre contaminada de los Grandes no podía aplacar los ataques de locura que sufría. Es probable que, durante estos episodios de locura, se olvidase de sus familiares o seres queridos. A medida que el tiempo pasaba, Gascoigne se volvía más violento, irracional y paranoico. Viola, su amada esposa, reproducía una nana que ayudaba a su marido a aliviar su mente y mantenerla cuerda y sana. Gascoigne, de todas formas, envenenado como estaba por la Vieja Sangre, continuó la Cacería y terminó aceptando la Comunión y, con ella, el Trasvase de Sangre. Durante su última Cacería, Gascoigne no regresaba a casa, por lo que Viola dejó a su hija menor encerrada en casa y salió a buscarlo, para traerlo de vuelta al hogar, pero olvidó la Cajita de Música. Cuando se topó con su marido, este estaba cubierto de sangre, y masacrando a bestias y hombres por igual. Viola le suplicó que volviese a casa, le suplicó que la reconociese. Pero Gascoigne no pudo hacer lo que su esposa le pedía. Esa noche, Viola murió a manos del hombre que amaba.

Si nuestro Cazador utiliza la Cajita de Música durante el combate contra el Padre Gascoigne, el sufrimiento que la melodía le causa es perfectamente visible pues, durante unos segundos, frenará sus embestidas y se llevará las manos a la cabeza mientras murmura y solloza. ¿Cómo no va a sufrir, si durante esos segundos de lucidez, recuerda lo que le hizo a su querida esposa Viola?

Con este panorama, Henryk va al encuentro con Gascoigne y su hija, temeroso de lo que pueda haber pasado. Al encontrar el cuerpo sin vida de su hija, entra en shock.

La larga y trágica vida de Henryk termina a manos de Eileen el Cuervo, Cazadora de Cazadores.

> *"Esto también es obra de cazadores, pero no constituye un honor.*
> *Una carga que puedes aceptar."*
> — Eileen, la Cazadora de Cuervo.

Si nuestro Cazador ayuda a Eileen a derrotar a Henryk, tras la aparición de la Luna de Sangre, esta volverá a aparecer tirada en las escaleras que suben a la Gran Catedral, herida de gravedad.

> *"Me temo que he cometido un pequeño error.*
> *Voy a tener que descansar un ratillo.*
> *Oh, no te preocupes, he tomado sangre. Suficiente para salvar a una vieja.*
> *Se acabaron los sueños para mí. Es mi última oportunidad.*
> *Qué estúpida soy. Tendré que ir con cuidado.*
> *Pero esa **cosa** sigue esperando.*
> *Date la vuelta.*
> *Soy yo quien debe ajustar cuentas."*
> — Eileen, la Cazadora de Cuervo.

Muchos años atrás, Gehrman fundó el Taller y, al igual que nuestro Cazador, portaba dos armas: la Hoja de Entierro y la Hoja de Piedad. Ambas armas fueron forjadas con siderita por él mismo. Gehrman no estaba solo como Cazador, contaba con varios aprendices a los que entrenaba para mantener su legado. Sus aprendices y él practicaban un arte especial conocido como **Apresto**, como menciona el Hueso de Viejo Cazador.

Hueso de viejo cazador

El arte del apresto acelera el rodar y pasos rápidos. El hueso de un viejo cazador cuyo nombre se ha perdido. Se dice que era un aprendiz del viejo Gehrman y practicante del arte del apresto, una técnica propia de los primeros cazadores. Resulta muy apropiado que los cazadores que llevan la antorcha y se ven movidos por el sueño entresaquen un arte de sus restos.

Solamente hay cuatro personajes en todo el juego que utilizan el arte del Apresto: Nuestro Cazador, si hace uso del Hueso de viejo cazador, Gehrman, que muestra una versión del arte significativamente más poderosa, Maria, la mejor aprendiz de Gehrman, y un individuo conocido únicamente por su apodo, el Cuervo Sangriento.

El Cuervo Sangriento se encuentra en la Gran Catedral, y es el último enfrentamiento de la línea de misiones de Eileen. Es un combate **harto** complejo. Da la sensación de que Eileen viajó a Yharnam con el objetivo de dar caza a este individuo, y por el camino hizo frente a Henryk y hubiese también peleado con Gascoigne si nuestro Cazador no se le hubiese adelantado. Del Cuervo Sangriento se conoce escasa información. Blande la Chikage y parece tener un fuerte vínculo con Cainhurst, por su uso de la Bruma Soporífera y la Runa Éxtasis de Sangre que deja al morir. Lo más extraño es que viste el Atuendo de Plumas de Cuervo, de los Cazadores de Cazadores. El Cuervo Sangriento de Cainhurst es, como evidencia su destreza en el uso del Apresto, uno de los Primeros Cazadores. Así, podemos teorizar ahora un posible contexto.

Durante los días tempranos del Taller, Gehrman entrenaba a varios aprendices, a uno de los cuales le dio la Hoja de Piedad. La piedad es un tema recurrente para el personaje de Gehrman, pues parece ser que su meta fuese compadecerse de los Cazadores que o han sido atrapados por el Sueño, o por los que han sucumbido a la Infección. Este aprendiz fue encargado con la misión de actuar como vigilante en la sombra del Taller, formando a una nueva orden de gente desvinculada de la Comunión y de la Vieja Sangre de Yharnam. Lo que pasó posteriormente a esto es incierto, ya que no existen explicaciones que aporten más información. Quizás este aprendiz viajase a Cainhurst o, quizás, viajó a tierras extranjeras para entrenar al siguiente Cazador de Cazadores que viajaría a Yharnam. Fuera como fuese, el resultado es el siguiente.

El Cuervo Sangriento de Cainhurst es, posiblemente el primer Cazador de Cazadores o, posiblemente, el que adiestró y entrenó a Eileen. Lo que Eileen busca es darle descanso, como muestra de **piedad** hacia él. Pero lo más sorprendente es lo que sucede si nuestro Cazador no se topa con Eileen en ningún momento.

Si nuestro Cazador nunca llega a hablar con Eileen y visita la Gran Catedral después de que la Luna de Sangre tiña el cielo, será atacado por sorpresa por ella, acusando a nuestro Cazador de haber sucumbido a la Infección de la Sangre. Es en las palabras que dice en este momento en el que puede verse cómo se siente realmente.

> *"Los cazadores deben morir... La pesadilla debe finalizar..."*
> — Eileen, la Cazadora de Cuervo.

Eileen conoce perfectamente bien la forma en la que el Sueño del Cazador mantiene y propaga a los Cazadores. De hecho, los Cazadores son manipulados por los Grandes para llevar a cabo sus tenebrosos planes. ¿Qué pasaría si no hubiese más Cazadores, si no quedase ninguno interesado en la sangre o en mantener la voluntad de la Luna de Sangre? ¿Se terminaría la pesadilla? Pensemos en la manera en la que nosotros, como jugadores, derrotamos a un jefe, como rápidamente regresamos al Sueño a aumentar nuestro poder, como simplemente anhelamos continuar la Caza, para continuar aumentando nuestro poder.

> *"Pocos cazadores pueden resistir la intoxicación de la caza.*
> *Mírate, eres igual que los demás..."*
> — Eileen, la Cazadora de Cuervo.

Quizás Eileen esté en lo cierto.

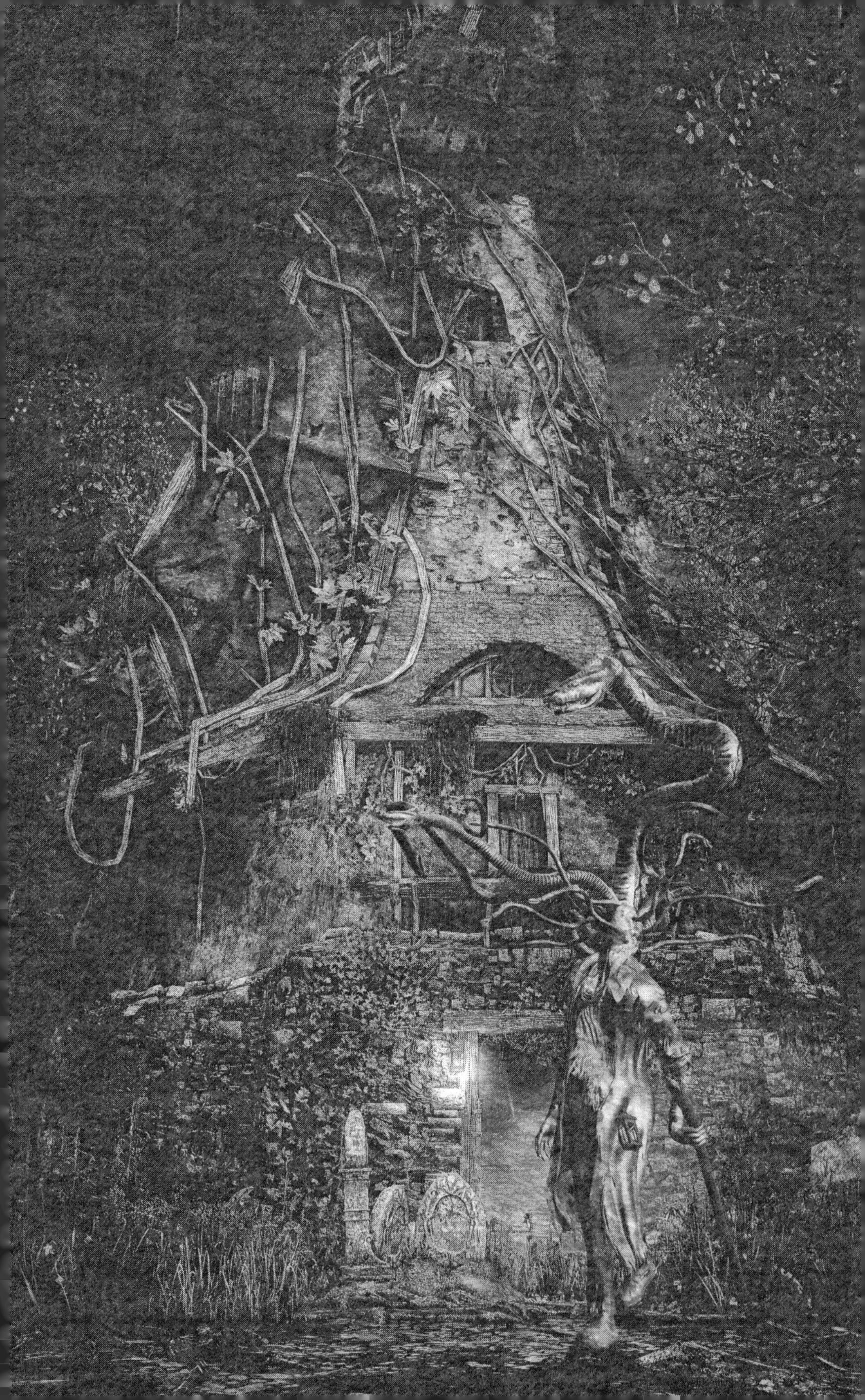

— Capítulo 05 —
Valtr, La Liga y las Sabandijas

"La noche está llena de escoria profanada, y su hedor putrefacto lo impregna todo. Piénsalo. Ahora estás listo para cazar y matar a tu antojo."
— Valtr, Maestro de la Liga.

Bestias y Semejantes. Estos son los dos tipos de enemigos a los que nos enfrentamos en Bloodborne. Uno nace como resultado de la Infección de la Bestia, humanos contaminados por la influencia de la Vieja Sangre. Los otros son humanos que han ascendido, capaces de purgar su cuerpo de la Infección y convertirse en Semejantes del Cosmos, seres puros.

Pero hay algo más, una misteriosa **tercera entidad** que parece estar acechando detrás de cada esquina, una entidad que nadie es capaz de describir. Asemeja a algo que no podemos tocar, pese a tenerlo delante de nuestras narices.

Para intentar comprender y definir qué es esta entidad, analicemos a Valtr, el Devorador de Bestias, y a su Liga de los confederados.

> Para comenzar, solamente utilizaré la información y las evidencias que pueden ser encontradas en el juego. Guardaré mi interpretación y mis propias opiniones para el final, de esta forma podrás crear tus propias conclusiones con los hechos presentados.

El primer encuentro de nuestro Cazador con Valtr se produce en el **Bosque Prohibido**.

> *"Soy Valtr, maestro de la Liga.*
> *Los miembros de la Liga purifican las calles de*
> *toda la mugre que se extiende durante la caza.*
> *Como debería hacer todo cazador decente, ¿sabes?*
> *¿No te cansas de ver bestias infames, babosas anormales y doctores locos?*
> *Sentencia a muerte a los demonios. Con la ayuda de los confederados de la Liga."*
> – Valtr, Maestro de la Liga.

Parece ser que la Liga es una organización existente durante el periodo de transición entre el Taller de Gehrman y Ludwig pero, en cualquier caso, Valtr ha estado en Yharnam durante mucho tiempo.

De acuerdo al Atuendo de Alguacil, portado por Valtr, en Yharnam existe una popular **fábula**.

Atuendo de Alguacil

Había una vez una tropa de alguaciles extranjeros que persiguió a una bestia hasta Yharnam, y esto es lo que llevaban. Los alguaciles cayeron presas de la bestia, excepto un superviviente que terminó por devorarla entera. Este cuento es muy apreciado entre los yharnamitas, que disfrutan con las historias de extranjeros pomposos e intolerantes que sufren a causa de su ignorancia. Esto hace que la sangre sepa mucho mejor.

Dado que el título de Valtr es el de Devorador de Bestias, lo más probable es que él sea el protagonista de la fábula. Cuando Valtr consumió a la Bestia, un acto de sacrilegio, nació en su interior la Impureza, la Runa del Juramento.

Runa de Caryll "Impureza"

Una runa de Caryll que transcribe sonidos inhumanos. Esta runa, descubierta dentro del devorador de bestias prohibidas, simboliza "impureza" y el juramento de la Liga. Los confederados de la Liga cooperan con cazadores de otros mundos y cazan en busca de sabandijas. Las sabandijas se retuercen en la mugre y son la raíz de la impureza del hombre. Aplástalas sin dudarlo.

Tras el corrupto acto, Valtr obtuvo la Runa de Impureza y la habilidad de ver a las Sabandijas y, con esta habilidad, fundó la Liga. Esta Liga, cuyo objetivo es cazar y eliminar a las Sabandijas, está formada por individuos que se enfrentaron a la raíz de la impureza humana y sufrieron las consecuencias. Solo conocemos a tres de estos Confederados, además de Valtr. El primero de ellos es Yamamura, el Vagabundo.

Haori Caqui

Atuendo de una lejana tierra oriental, usado por Yamamura, el Vagabundo. Este guerrero oriental persiguió a una bestia por una venganza de honor, y luego se convirtió en cazador de la Liga. Pero cuando miró directamente a la impureza, enloqueció.

Se da a entender que la participación de Yamamura para con la Liga fue corta pues, en el momento en el que su mente se topó con la Impureza, perdió la cordura. Y, mientras Yamamura jugó un pequeño papel en la Liga, existen dos personajes más que gozaron de más protagonismo: los gemelos Madaras.

Máscara de Carnicero

Máscara de los gemelos Madaras, habitantes del bosque prohibido. Probablemente, perteneció al mayor. Los gemelos se criaron con una serpiente venenosa en una afinidad silenciosa. Terminaron por aprender las costumbres humanas y se convirtieron en cazadores. Dicen que, cuando descubrieron sabandijas hasta en su querida serpiente, el hermano menor asesinó al mayor.

Atuendo de Carnicero

Atuendo de los gemelos Madaras, habitantes del bosque prohibido. Probablemente, perteneció al mayor. Los dos gemelos se convirtieron en cazadores, y trajeron y disecaron a sus presas bestiales para apoyar a los lugareños en su investigación prohibida.

¿En qué consistía esa investigación prohibida de los lugareños? ¿Qué retorcido descubrimiento llevó a Yamamura a la locura? Y, lo más importante, **¿qué son las Sabandijas?**

Lo que viene a continuación es mi propia interpretación basada en las evidencias que he recopilado. No consideres esto como un hecho certero. Es más, aprovecha mi interpretación para sacar tus propias conclusiones.

En una temprana etapa de la historia de Yharnam, un grupo de alguaciles extranjeros persiguieron a una bestia que los llevó a la ciudad. Dicha bestia logró contraatacar y devorar a sus persecutores uno a uno. El único que logró sobrevivir fue Valtr quien, en un giro de los acontecimientos, venció a la bestia y, enloquecido por la sed de venganza, la devoró. Este impío acto tituló a Valtr como el Devorador de Bestias y, en su interior, nació la Impureza, la Runa del Juramento. Tras esto, Valtr observó la ciudad de Yharnam y descubrió que ahora podía ver a aquellos que se habían convertido en impuros, a aquellos contaminados por la inmundicia.

Con el objetivo de enfrentar a esta nueva amenaza, Valtr creó a la Liga, reuniendo a un grupo de confederados y marcándolos con la Runa de la Impureza para, de esta forma, dotarles de la habilidad de poder ver la verdadera raíz de la impureza humana.

Esto parece suceder durante la etapa en la que los Cazadores comienzan a dejar el Taller de Gehrman, pero cuando todavía no estaba totalmente formado el grupo de Ludwig. Valtr tiene predilección por la Sierra Giratoria, un arma diseñada por los Polvorillas y, por ende, parece que la Liga estaba en su punto más álgido durante la etapa de Viejo Yharnam. Un par de confederados de la Liga fueron los gemelos Madaras, dos muchachos salvajes provenientes del Bosque Prohibido, que fueron entrenados en el arte de la caza. Los gemelos Madaras compartían un gran amor por su venenosa serpiente, con la que se habían criado y habían crecido.

Silbato de Madaras

Silbato de los gemelos Madaras, habitantes del bosque prohibido. Los gemelos se criaron junto a una serpiente venenosa, y desarrollaron una afinidad inhumana y silenciosa. La serpiente venenosa creció de manera incontrolada, gracias a una nutritiva dieta de entrañas de bestias. Incluso tras la muerte de los gemelos, se dice que la serpiente responde a la llamada de sus silbatos desde el interior de la pesadilla.

Parece que los gemelos llevaban a las víctimas de sus cacerías al Bosque para, además de alimentar a su serpiente, compartir los cuerpos sin vida con los aldeanos en pos de su investigación, como se mencionaba en el Atuendo de Carnicero.

Pero, ¿qué clase de investigación se estaba llevando a cabo en el Bosque Prohibido? La respuesta es sencilla: la **Sangre Cenicienta**. La Iglesia de la Sanación, por aquel entonces, usaba el Bosque Prohibido y el pantano venenoso colindante como laboratorio para investigar y desarrollar el uso de la Sangre Cenicienta. La Iglesia de la Sanación estudiaba las sanguijuelas parasitarias del venenoso pantano para, además de intentar usarlas en Viejo Yharnam, descubrir cuál era la fuente del veneno, la raíz de la contaminación, de la inmundicia. ¿De dónde provenía este veneno?

Máscara de carnicero

Máscara de los gemelos Madaras, habitantes del bosque prohibido. Probablemente, perteneció al mayor. Los gemelos se criaron con una serpiente venenosa en una afinidad silenciosa.
Terminaron por aprender las costumbres humanas y se convirtieron en cazadores. Dicen que, cuando descubrieron sabandijas hasta en su querida serpiente, el hermano menor asesinó al mayor.

Sabandija

Una criatura similar al ciempiés, descubierta por cazadores de la Liga en sus cacerías. Solo los confederados de la Liga pueden ver las sabandijas, ocultas en la mugre y raíz de la impureza del hombre. La Liga ha asumido la tarea de encontrarlas todas y destruirlas. Quizá haya algo de piedad en la locura. Los que desean ver las sabandijas pueden hacerlo, y los que lo eligen reciben un objetivo infinito.

El pantano venenoso estaba infestado de Sabandijas, imperceptibles para todos aquellos que no habían tallado la Runa de la Impureza en su memoria. A medida que los Madaras eliminaban infectados y alimentaban a su serpiente con esos cuerpos infectados por las Sabandijas, el reptil se contaminaba más y más con estos parásitos. Esta es la causa de la Serpiente Parasitaria que se encuentra en el Bosque Prohibido. Sabandijas infectando a la fauna local que más tarde infectaría a los aldeanos. Las serpientes escupirían veneno a todos aquellos que supusieran una amenaza, haciendo así que la Sangre Cenicienta se convirtiese en un enemigo para la gente que precisamente comenzó a desarrollarla.

Sangre Cenicienta, veneno, sabandijas... Quizás se puede decir que todas las clases de veneno en el juego están causadas por la Sangre Cenicienta y, por ende, por las Sabandijas. Después de todo, las tabletas de antídotos que se usan para aplacar los males de la Sangre Cenicienta todavía hoy se encuentran en circulación. Si observamos la Frontera de la Pesadilla, por ejemplo, y nos fijamos en el pantano venenoso al que nuestro Cazador es arrojado por Patches, podemos ver incontables sanguijuelas, y enormes criaturas conocidas como *crawlers* -los que se arrastran, en español. Estas criaturas, curiosamente, no tienen la opción de recibir daño adicional como sí lo tienen las Bestias o los Semejantes. Son una especie diferente: Sabandijas. Podemos ver a las Bestias Plateadas de Loran siendo infectadas por gusanos que, seguramente, están también infectados por Sabandijas.

Como jugadores de un videojuego, estamos tan acostumbrados a pensar que el veneno es un elemento aleatorio, sin más motivo que un simple obstáculo que tenemos que sobrepasar, que nunca nos paramos a pensar qué es en realidad o cuál es la causa por la que se genera.

Esto nos lleva también a los **Chupasangres**. Unas criaturas grandes, que asemejan a una pulga gigante y que son descubiertas por primera vez en Cainhurst al mismo tiempo que se descubre un grupo de sanguijuelas parasitarias en la misma zona. Aunque son descritas como bestias, es curioso que tampoco son afectadas por la mecánica del aumento de daño que sí sufren el resto de bestias. Entonces, deben de ser otra cosa. No pueden ser familiares, ni bestias. Deben de ser Sabandijas.

¿Y si las Sabandijas infectasen a un humano? No una o dos Sabandijas, sino una colonia entera de parásitos, retorciéndose y viajando por el torrente sanguíneo de una persona. Sin duda, estaría contaminado. Sin duda, estaría vetado. Sin duda, sería un **Vil**.

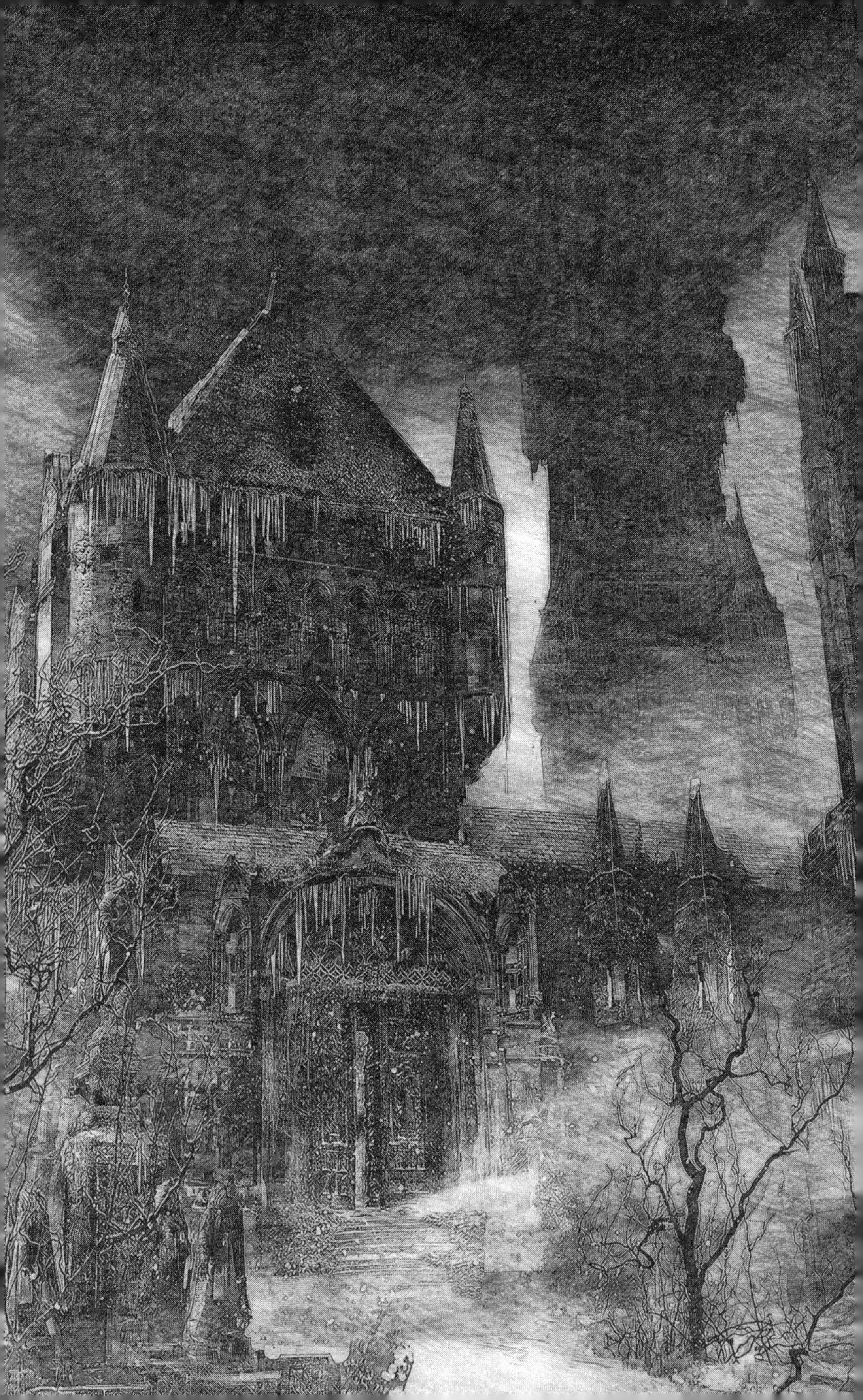

Capítulo 06
El Castillo de Cainhurst, los Ejecutores y la Reina Annalise

> *"Una vez, un erudito traicionó a sus compañeros de Byrgenwerth... y llevó sangre prohibida de vuelta al Castillo de Cainhurst. Así fue como nació el primero de los inhumanos Sangrevil. Los Sangrevil son criaturas demoníacas que amenazan la pureza de la sanación de sangre de la Iglesia. La gobernante de los Sangrevil todavía sigue viva. Y por eso, para honrar los deseos de mi maestro, busco el camino al Castillo de Cainhurst."*
> – Alfred, Cazador de los Sangrevil.

El momento de llegar al cruce de Hemwick y que nuestro Cazador tome el carruaje con destino al Castillo de Cainhurst es excitante, más aún si sumamos el soplo de aire fresco que aporta la oportunidad de explorar un nuevo territorio, con una ambientación tan distinta, y un misterioso secreto.

Cainhurst no se parece en nada a ninguna otra área de *Bloodborne*. Para ser honestos, parece que ni encaja en el juego. Un castillo abandonado y gobernado por una Reina No-Muerta, los atormentados fantasmas de las mujeres asesinadas deambulando sin rumbo por las habitaciones embrujadas, las gárgolas devorahombres esperando pacientemente para emboscar a su despistada presa... La verdad es que el área encajaría mejor en un juego como *Demon's Souls* en vez de *Bloodborne*.

Incluso, desde el punto de vista de las mecánicas del juego, el área se distancia bastante de lo que propone el resto de la aventura, ya que es la única zona en la que el jugador puede unirse a un Pacto que recuerda al estilo de los de *Dark Souls*.

Para llegar al fondo del misterio del Castillo de Cainhurst, vamos a comenzar hablando del propio territorio, lo que sabemos de él, qué nos podemos encontrar y qué clase de criaturas se esconden tras cada pared.

> Para comenzar, solamente utilizaré la información y las evidencias que pueden ser encontradas en el juego. Guardaré mi interpretación y mis propias opiniones para el final, de esta forma podrás crear tus propias conclusiones con los hechos presentados.

Mientras que en Yharnam la sangre es un objeto con el que trabajar, en Cainhurst es un objeto de deseo. Los Nobles del Castillo eran aristocráticos y elitistas. Elegían la forma y la elegancia frente a la fuerza o la funcionalidad.

Atuendo de Caballero

Atuendo de los caballeros de Cainhurst. Una majestuosa pieza adornada con trabajada orfebrería de oro. El estilo de Cainhurst mezcla nostalgia y pomposidad. Se enorgullecen incluso de los cadáveres de las bestias que dejan a su paso, confiados en que permanecerán como ejemplos de arte decadente.

En Cainhurst, el estatus en la Corte lo era todo. A mayor grado de cercanía con la Reina, mayor prestigio. A mayor distancia, menor relevancia.

Runa de Caryll "Éxtasis de Sangre"

Una runa de Caryll que transcribe sonidos inhumanos.
El "éxtasis de sangre" es la euforia pura de la calidez de la sangre. Repone PS con los ataques viscerales, una de las técnicas más oscuras de los cazadores. Esta runa resuena con los sirvientes de la Reina, portadora del Hijo de la Sangre, quienes anhelan la sangre de su Reina con pocas esperanzas de obtenerla. Encuentran consuelo en el "éxtasis de sangre", que les sirve como sustituto de sus deseos.

El mayor honor en Cainhurst era ser nombrado Sangrevil, título de élite que ostentaban aquellos que pertenecían al círculo interno de la Reina Annalise. Como se puede observar en el ritual que la Reina Annalise ofrece a nuestro Cazador, —si este desea servirla—, los Sangrevil beben la sangre real. Los yharnamitas comparten la sangre a través de la transfusión y las inyecciones, los nobles de

Cainhurst parecen tomarla directamente de la fuente de la que emana, ya que la Reina ofrece su muñeca a nuestro Cazador para que este ingiera su sangre.

Los Sangrevil eran la guardia de élite de Annalise, y salían del territorio a la caza de presas, que luego ofrecían como tributo a su Reina en forma de Restos de Sangre. Analizaremos con mayor profundidad a los Sangrevil y a la Reina Annalise posteriormente, porque ahora toca centrarse en unas figuras de menor importancia en Cainhurst y en la información que podemos obtener de estas.

Reiterpallasch

Un arma que llevan los caballeros de Cainhurst. Combina el elegante diseño de una espada con la peculiar arma de fuego que empuña la orden de Cainhurst. Los viejos nobles, bebedores de sangre avezados, conocían bien la peste sanguínea y dejaban la discreta tarea de deshacerse de las bestias en mano de sus criados, o caballeros, como los llamaban para guardar las apariencias.

Las bestias que se encuentran en Cainhurst, son muy distintas a las que habitan en Yharnam. En la zona no hay ningún indicio de la licantropía, principal síntoma causado por la Infección de la Bestia. Las bestias de Cainhurst son unas criaturas deformes y retorcidas que succionan sangre del suelo.

La **descripción oficial** de los Chupasangres, escrita en las publicaciones previas al lanzamiento del juego, dice: *"Sin que quede ningún anfitrión que pueda defender el Castillo de Cainhurst del asedio de las bestias, estas letales y malvadas criaturas merodean las tierras, atiborrándose con el infectado fluido de los caídos."*

Y, de hecho, los Chupasangres parecen estar más interesados en succionar la sangre de los cadáveres que en atacar a nuestro Cazador. A diferencia de las bestias de Yharnam, que cortan y desgarran la carne en pedazos por pura rabia, los Chupasangres van cambiando tranquilamente de cuerpo a cuerpo, bebiendo.

Tenemos aquí, pues, un ejemplo de Bestia muy distinto al que ya conocemos. Las Bestias de Yharnam son el resultado de individuos que han sucumbido a la sangre contaminada de los Grandes, y que han sido infectados con esa sangre a través del Trasvase. Los Chupasangres, infectados de Sabandijas, deben de tener un origen diferente.

Recordemos lo que decía Alfred sobre Cainhurst:

"Una vez, un erudito traicionó a sus compañeros de Byrgenwerth...
y llevó sangre prohibida de vuelta al Castillo de Cainhurst."
– Alfred, Cazador de los Sangrevil.

Aunque la sangre llegó a Cainhurst, lo más probable es que **no** fuese la sangre de los Grandes. Debió ser algo diferente, algo prohibido, algo **impuro**. La llegada de esta sangre prohibida llevó a una nueva misión a la, por aquel entonces, floreciente Iglesia de la Sanación, y la formación de los Ejecutores.

"En su época, el maestro Logarius llevó a sus ejecutores al Castillo de Cainhurst
para acabar con los Sangrevil. Pero no todo salió bien y el maestro Logarius se ha
convertido en un pilar que nos protege del mal. Un momento trágico, muy trágico...
Que el maestro Logarius fuera abandonado en los malditos dominios de los Sangrevil.
Debo liberarlo para que su martirio pueda ser debidamente venerado."
– Alfred, Cazador de los Sangrevil.

Poca información tenemos de los Ejecutores. Sabemos que fueron un grupo de Cazadores que, liderados por un hombre llamado Logarius, viajaron hasta Cainhurst y pelearon contra los Sangrevil. Da la impresión de que los Ejecutores **existían ya en los inicios de la Iglesia de la Sanación**. En la época en la que la Iglesia operaba mayormente en secreto.

Atuendo de Ejecutor

Atuendo de la banda de ejecutores liderada por el martir Logarius. Posteriormente, sirvió de base para toda la Iglesia, con su Chal Santo drapeado. Como dijo el gran Logarius: "Las buenas acciones no siempre son sabias, y las malas no siempre son estúpidas. De todas formas, intentaremos ser siempre buenos".

Esta descripción parece sugerir que los Ejecutores fueron el primer grupo organizado de la Iglesia que operó de forma pública, ya que no hay referencias a que la Iglesia vistiese su característico uniforme anteriormente. De todas formas, esto no revela nada acerca de Alfred. Él dice ser un mero Cazador. Quizás simplemente esté intentando emular las enseñanzas de Logarius. Desde luego, es evidente su veneración hacia él. Su principal cometido consiste en terminar la tarea que Logarius comenzó para, de esta forma, elevar su figura a la de mártir.

Sea cual sea el motivo por el que Alfred decidió seguir la senda de los Ejecutores, está claro que el grupo se enfrentó a los Sangrevil de Cainhurst en el pasado. Y, por lo que se puede observar, no fue una pelea igualada.

Rueda de Logarius
Arma de la banda de ejecutores del mártir Logarius. Utilizada para diezmar a los Sangrevil en Cainhurst. bañada en charcos de su sangre e impregnada de su ira para siempre. Transfórmala para liberar el poder de la rueda y manifestar la rabia subyacente en un espectáculo deslumbrante.

Diezmar es la palabra clave. Los nobles de Cainhurst fueron ejecutados sistemáticamente y los Sangrevil fueron apaleados hasta la muerte, víctimas de las Ruedas de Logarius. Por su excesiva preocupación por la belleza y la elegancia, los Sangrevil de Cainhurst no fueron rivales para la furia de los Ejecutores. Pero hubo un Sangrevil que no pudo ser eliminado, y esto nos lleva al último tema dentro de este capítulo.

"Soy Annalise, reina del castillo de Cainhurst.
Gobernante de los Sangrevil y enemiga jurada de la iglesia."
— Annalise, Reina de los Sangrevil.

Annalise es un personaje muy extraño, y parece no encajar completamente con el contexto que presenta Bloodborne. Es, casi seguro, algo más que una simple humana. De hecho, la Reina es inmortal. No hay forma de terminar con su vida.

Incluso Alfred, que la desmiembra trozo a trozo, la aplasta hasta convertirla en papilla, desgarra sus órganos y la arrastra por el suelo, dejando solamente un montón de sangre y carne, es incapaz de quitarle la vida.

Y de hecho, sus restos continúan retorciéndose constantemente.

"¿Para qué te vale ahora la inmortalidad?
¡Intenta crear problemas en tu lamentable estado!
¡Toda retorcida y destrozada, con las tripas del revés,
para que todo el mundo lo vea!"
— Alfred, Cazador de los Sangrevil.

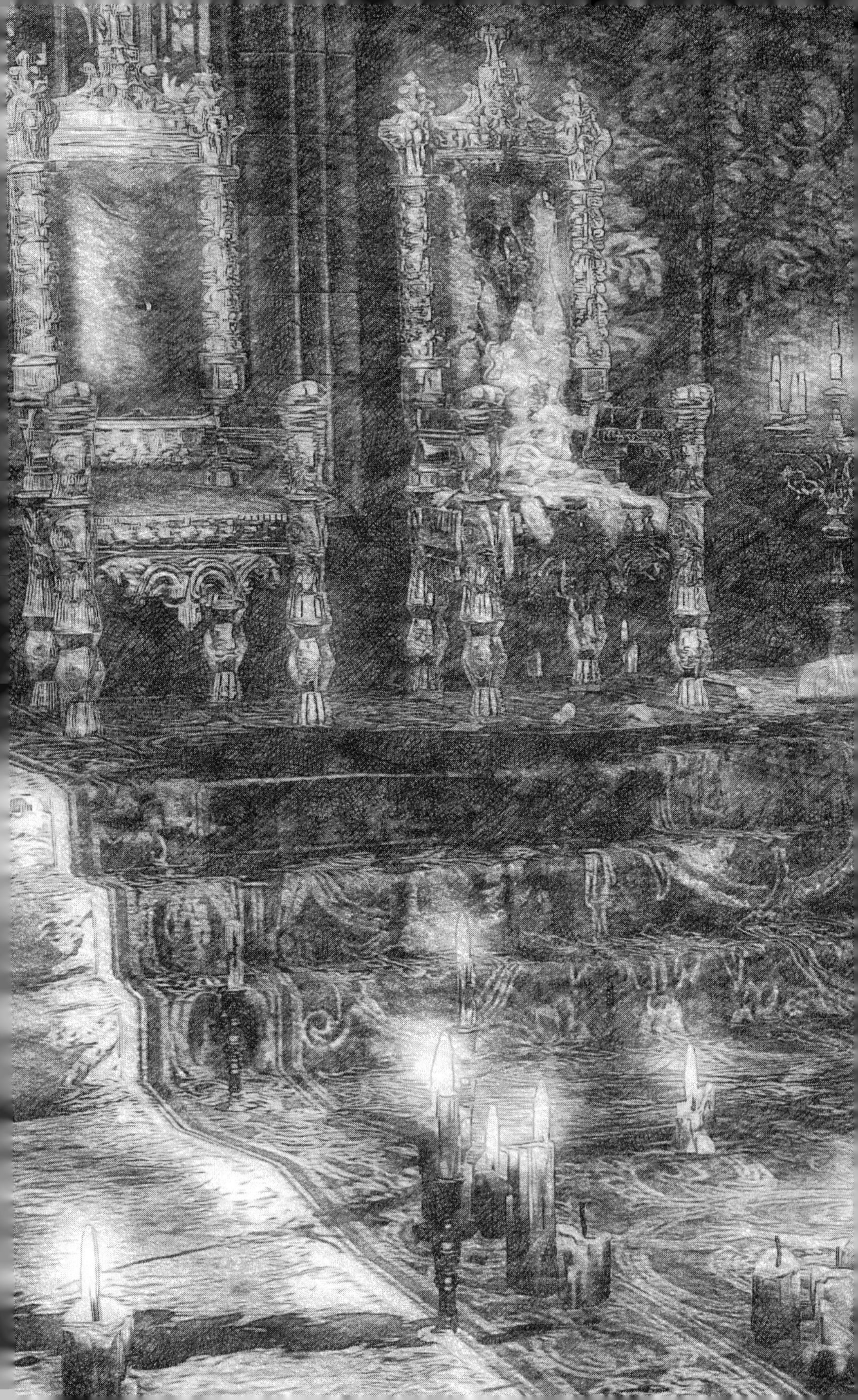

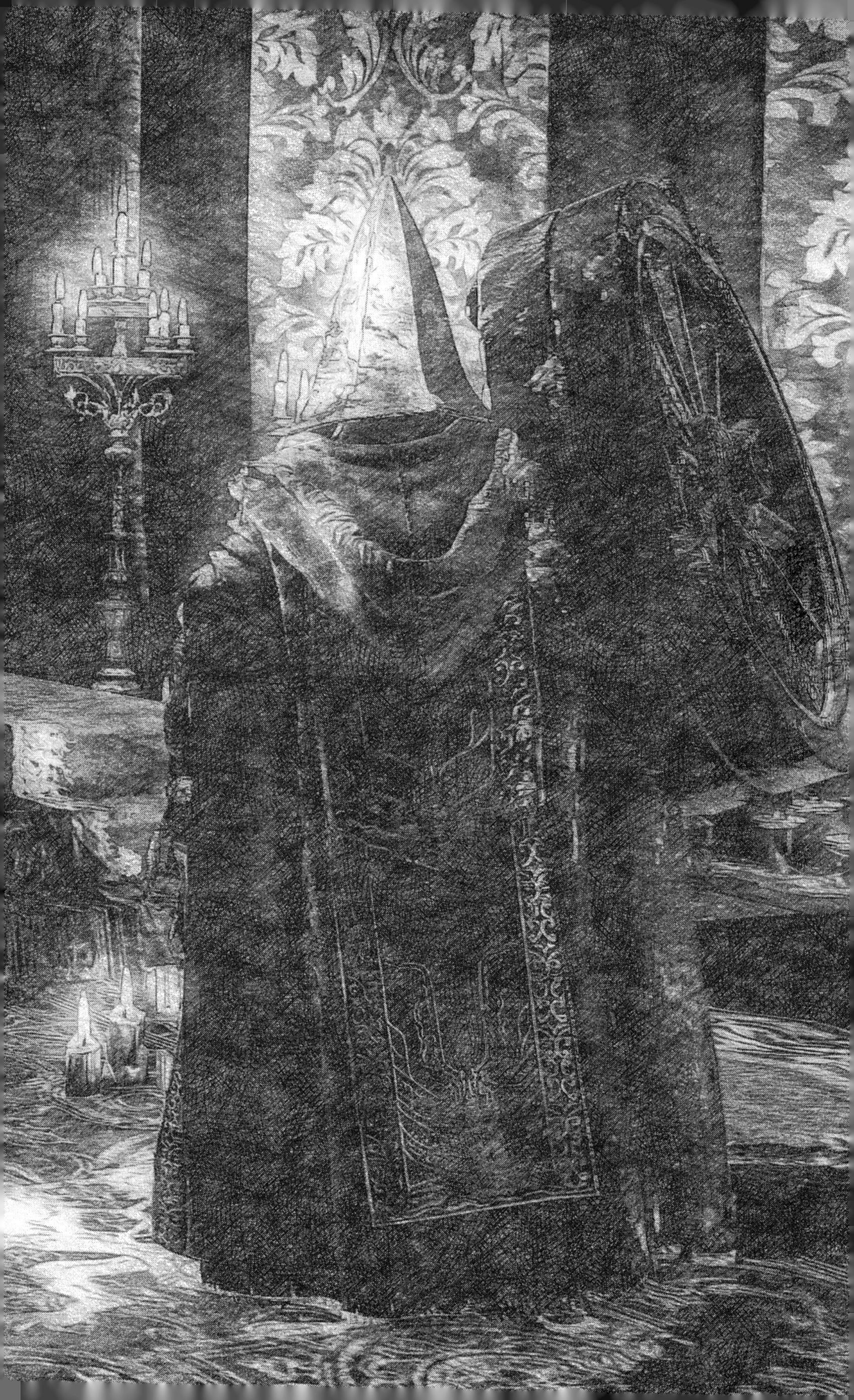

La Carne de Reina, un trozo de carne que nuestro Cazador puede obtener recogiendo los restos de Annalise, dice:

Carne de Reina

Lo que queda de Annalise, reina sangrienta de Cainhurst.
La masa de carne rosácea sigue caliente, como si estuviera maldita.
¡Alabada sea la reina inmortal de la sangre!

Annalise nunca estará muerta. Su conciencia permanece incluso en el amasijo de carne, que puede incluso usarse para volver a restaurar su forma corpórea si nuestro Cazador lleva la Carne de Reina al cuerpo que descansa en el Altar de la Desesperación. Pero Annalise no es la única. Existe otra Reina inmortal en *Bloodborne*.

Tras derrotar a Yharnam -la Reina Pthumeria-, nuestro Cazador recibe la Piedra de Yharnam. Un objeto que se asemeja a una amalgama de restos orgánicos y cárnicos que incluso dibujan la silueta de un feto.

Piedra de Yharnam

Una reliquia sagrada de Yharnam, reina pthumeria.
La reina yace muerta, pero su horrible consciencia solo está dormida, y se revuelve con movimientos perturbadores.

Lo que viene a continuación es mi propia interpretación basada en las evidencias que he recopilado. No consideres esto como un hecho certero. Es más, aprovecha mi interpretación para sacar tus propias conclusiones.

En las profundidades de la antigua Pthumeru, los Eruditos de Byrgenwerth investigaron y estudiaron la Vieja Sangre de los Grandes. Pero, allí abajo, también encontraron algo más que a los Grandes, encontraron también a aquellos que una vez los adoraron: los pthumerios. Se desconoce si los Eruditos se toparon con la Reina Yharnam directamente, o si tomaron las muestras de sangre de los pthumerios en general.

Sea como fuere, lo que sí es probable es que la sangre de la Reina Yharnam fue tomada y estudiada. La Vieja Sangre, aunque temida, no estaba prohibida. Y es extraño que los Eruditos, buscadores de la verdad, etiquetasen alguna acción como "prohibida". La sangre de la Reina Yharnam debía de estar tan contaminada, debía de ser tan **vil** e **impura**, que su uso no era un juego. Quizás esta sangre estaba infestada de Sabandijas, la fuente de las aparentemente mágicas habilidades de los pthumerios.

La Reina Yharnam posee una maestría sobre la manipulación de la sangre que ningún otro personaje tiene en Bloodborne. Durante el enfrentamiento de nuestro Cazador con ella, parece poder teletransportarse, rociar sangre desde las yemas de sus dedos e invocar filos de sangre que se suspenden en el aire. Parece que también es capaz de proyectar su imagen fuera de su prisión en Pthumeru, ya que nuestro Cazador se topa con ella en la Pesadilla de Mensis y en el Lago Lunar.

Ni humana ni Grande, la Reina Yharnam es una versión retorcida e impura de ambos, seguramente a causa del embarazo provocado por **Oedon**, el Grande sin forma.

Sin embargo, un Erudito traicionó a los suyos. Este pudo haber sido Lady Maria. Sabemos que Maria es descendiente de Cainhurst. Quizás, tras la masacre de la Aldea Pesquera, Maria quedó tan decepcionada que decidió traer la sangre de la Reina Yharnam a su pueblo. Pero esto tampoco parece encajar, ya que Maria está asociada a los orígenes de la Iglesia de la Sanación. La Iglesia de la Sanación, sin embargo, temía a la sangre de la Reina, llegando al punto de prohibirla.

Sangre de Arianna
Sangre tomada de Arianna, mujer del placer del Distrito de la Catedral. La dulce sangre de Arianna repone PS y acelera temporalmente la recuperación de brío. Un miembro de la Iglesia de la Sanación sabría con certeza que su sangre es similar a lo que antaño se prohibió.

Arianna también porta el vestido de Cainhurst, acentuando aún más la conexión. Quizás el erudito que llevó la sangre prohibida a Cainhurst fuese simplemente un personaje desconocido, o quizás sí fue Lady Maria, o puede que incluso fuese el Cuervo Sangriento. Sin importar como fuese, el hecho es que la sangre contaminada de la Reina Yharnam llegó al Castillo de Cainhurst.

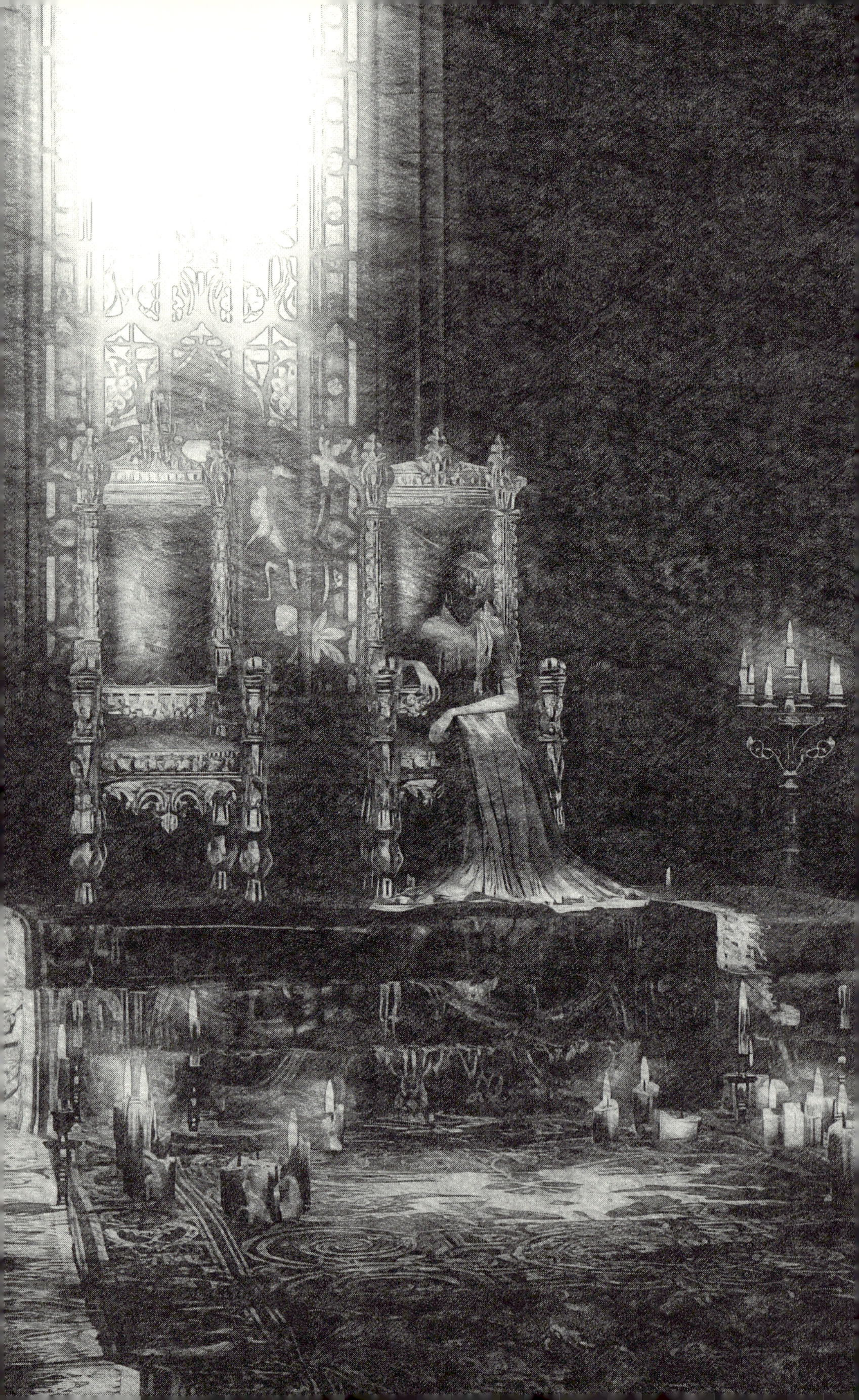

La Reina Annalise ingirió esta sangre prohibida, infectada y repleta de Sabandijas, convirtiéndose, así, en el primer Sangrevil. Pero Annalise no se conformó solamente con la transformación que sufrió. Quiso tener también un heredero, un Hijo de la Sangre. Creía que con el consumo masivo de esta poderosa sangre, podría llegar a quedar embarazada y gestar al Hijo de la Sangre y, de esta forma, se formaron los Sangrevil.

Armadura de Cainhurst

Una armadura de plata que llevan los guardias reales que protegen a Annalise, reina de los Sangrevil, en el castillo de Cainhurst. Se dice que esta armadura, delgada como un papel, elude la sangre de los malintencionados, lo cual permite a los guardias reales capturar presas para su amada Reina, para que algún día engendre a un Hijo de la Sangre.

Los Sangrevil actuaban de noche, capturando poderosas presas que luego llevaban encadenadas ante su Reina. Los Cazadores se convertirían en las presas predilectas de los Sangrevil. El Resto de Sangre, un objeto que nuestro Cazador puede encontrar si está equipado con la Runa "Corrupción" nos dice:

Resto de Sangre

Los Sangrevil de Cainhurst, cazadores sanguinarios, ven a estas cosas horribles en sangre fría. Suelen aparecer en la sangre de demonios del eco, o sea, en la sangre de los cazadores. La reina Annalise participa en estas ofrendas de restos de sangre con la esperanza de que algún día de a luz al Hijo de la Sangre, el siguiente heredero de los Sangrevil.

La representación de este objeto parece mostrar a unas pequeñas formas que recorren el interior de los restos. Su forma recuerda a la de los espermatozoides. Annalise estaba convencida de que el consumo de la sangre proveniente de figuras poderosas le permitiría concebir, tarde o temprano, al Hijo de la Sangre, pero esto jamás llegó a suceder. La Iglesia de la Sanación descubrió esta nueva amenaza y, como respuesta, formó a los Ejecutores, liderados por Logarius.

Insignia de Cazador con Rueda

El mártir Logarius dirigía una banda de ejecutores, y esta insignia fue creada en su taller dedicado. La rueda simboliza el destino justo. Su taller era un enclave reservado, lleno de creencias místicas y de fanatismo arrollador, que constituía el núcleo de la exclusiva marca de justicia de los ejecutores.

De nuevo, puede observarse la referencia al secretismo con el que operaba la Iglesia en sus primeros días.

Los Ejecutores asaltaron el Castillo de Cainhurst y masacraron a los Sangrevil. Tampoco hubo piedad para los Nobles de Cainhurst. Pero, cuando Logarius marchó a la habitación del trono de la Reina Annalise, descubrió que, sin importar lo que hiciese, ella jamás moriría. Quizás el simple hecho de ingerir la sangre de la Reina Yharnam concedió a Annalise un poder más allá de la muerte o, quizás, fue debido a la acumulación de Restos de Sangre lo que desencadenó su inmortalidad. En cualquier caso, Logarius decretó que Annalise jamás volvería a ser libre. Si no podía ser eliminada, debería pasar el resto de la eternidad como prisionera y, de esta forma, evitar el nacimiento del Hijo de la Sangre. Para más condena, se le colocó una máscara que cubriría su cara al completo.

No hay ninguna referencia o información que hable sobre esta máscara, más allá del hecho de que la lleva encima cuando nuestro Cazador se encuentra con ella. Sea lo que sea esta máscara, es capaz de retener a Annalise en la sala del trono y dejarla sin la posibilidad de escapar. Sin embargo, esta condición no impide que agentes externos puedan conocerla e incluso ofrecerle más Restos de Sangre, como hace nuestro Cazador. Es por este motivo que Logarius tomó posesión de la Corona de Cainhurst, o la Corona de las Ilusiones, e hizo uso de ella.

Corona de las Ilusiones

Uno de los preciados secretos de Cainhurst. Se dice que la corona del antiguo rey revela ilusiones y expone un espejismo que oculta un secreto. Por ello, Logarius se puso la corona por voluntad propia, decidido a impedir que algún alma se topase con el vil secreto.
¿Qué visiones tuvo, sentado con serenidad en su nuevo trono?

Solamente a alguien que lleva puesta la Corona de las Ilusiones se le permite acceder a la sala del trono de Annalise. Para evitar más interacciones con la Reina, Logarius se puso la corona y se sentó frente a la entrada al trono, actuando como un candado viviente para mantener retenida a la Reina Sangrevil. Recordemos lo que se decía de la Rueda de Logarius.

Rueda de Logarius

Arma de la banda de ejecutores del mártir Logarius.
Utilizada para diezmar a los Sangrevil en Cainhurst,
bañada en charcos de su sangre e impregnada de su ira para siempre.
Transfórmala para liberar el poder de la rueda y manifestar la rabia subyacente en un espectáculo deslumbrante.

Transformar la rueda supone revelar cuán contaminada ha sido, pues contiene la fuerza de los Sangrevil en su interior. Logarius, al igual que su arma, se empapó tanto de la sangre impura que fue absorbido por la furia de los Nobles caídos de Cainhurst. Se convirtió en un no-muerto, una cualidad de los sangrientos espíritus de los Sangrevil. Y permanecería en este estado hasta el encuentro con nuestro Cazador, que terminaría con su vigilancia y tomaría la Corona de las Ilusiones para posteriormente toparse con Annalise. Pero, ¿qué sendero debería seguir nuestro Cazador? ¿Debería arrodillarse ante la Reina y unirse a ella, ofreciéndole Sangre? ¿Debería ayudar a Alfred a reducirla a pedazos? ¿Cuál es el camino correcto?

"Las buenas acciones no siempre son sabias, y las malas no siempre son estúpidas. De todas formas, intentaremos ser siempre buenos."
— Mártir Logarius.

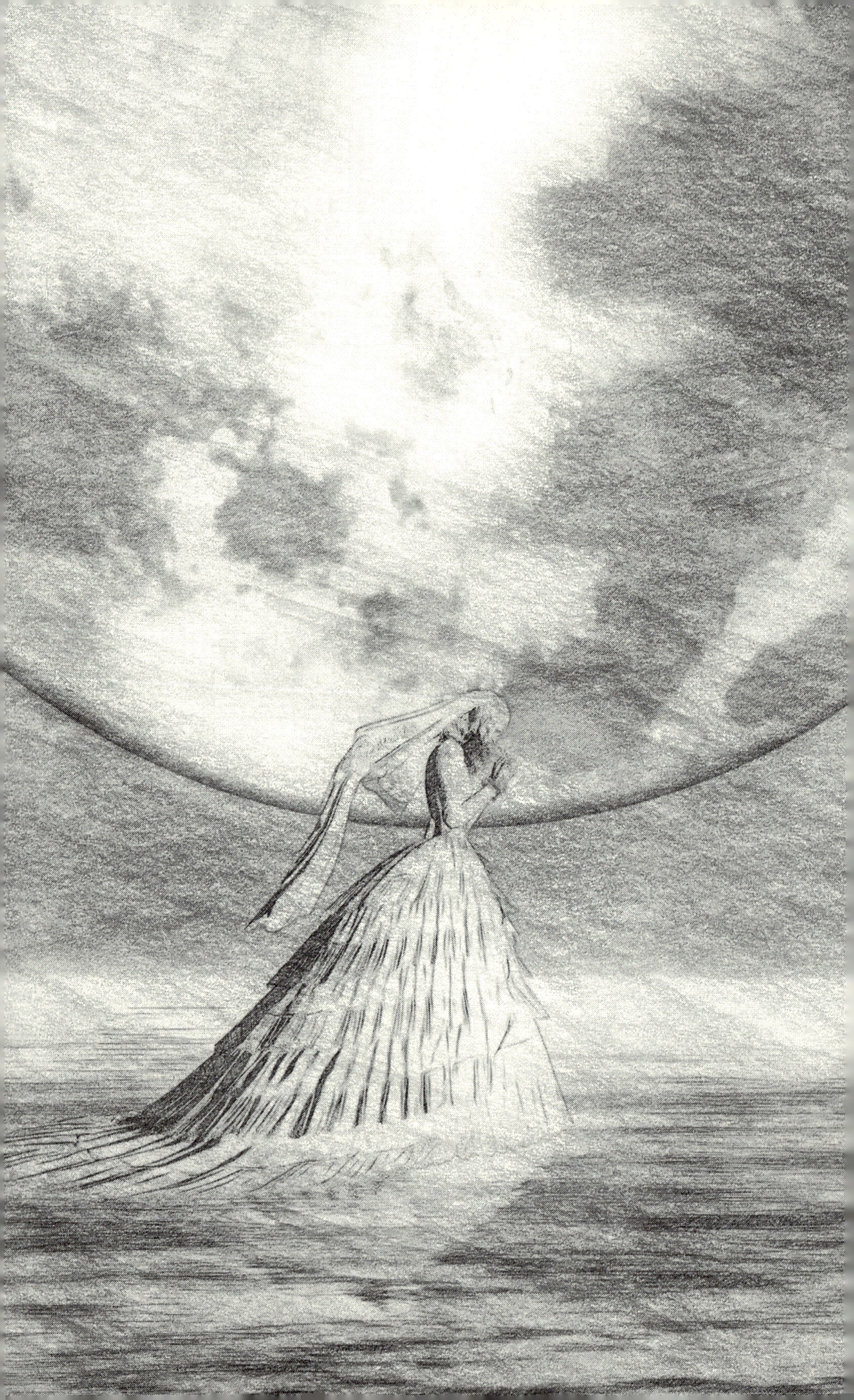

Capítulo 07
Los pthumerios, Arianna, Oedon y Mergo

"Los seres inhumanos conocidos como los Grandes dotaron a esta alianza de un significado especial. En la época de los Grandes, el matrimonio era un contrato de sangre, solo permitido a los destinados a dar a luz a un hijo especial."

— Anillo de compromiso.

Los pthumerios existieron hace mucho, mucho tiempo. Mucho antes de que los eventos de *Bloodborne* tuvieran lugar. Y, aun así, los ecos de lo que pasó a la vieja Pthumeru resuenan en las profundidades de la actual ciudad de Yharnam. Más incluso de los que los yharnamitas pueden siquiera imaginarse.

Para comenzar, solamente utilizaré la información y las evidencias que pueden ser encontradas en el juego. Guardaré mi interpretación y mis propias opiniones para el final, de esta forma podrás crear tus propias conclusiones con los hechos presentados.

La Sociedad Pthumeria existió hace mucho, mucho tiempo. Puede que hace siglos o, incluso, milenios. Fueron un pueblo que llegó a dominar las ancestrales artes arcanas y, en concreto, las que tenían que ver con el fuego y la sangre.

Parece que los pthumerios tenían una sociedad matriarcal o, al menos, las posiciones más importantes eran ocupadas por mujeres. En los pasillos del antiguo Laberinto se escucha el eco de las Campanas Siniestras, portadas por las Mujeres de la Campana.

Cáliz Raíz Siniestro

Cáliz raíz que rompe varios sellos del laberinto. Cuando se usa en un ritual, este cáliz siniestro invoca la campana resonante siniestra. La mujer de la campana parece ser una pthumeria loca.

Además de estas Mujeres de la Campana, también están los Protectores, un grupo de guerreros eternos que vigilan el Laberinto y cuidan de sus habitantes.

Armadura de ceniza de hueso

Armadura de ceniza de hueso, usadas por los protectores más antiguos. Los protectores, que cuidan de los Grandes durmientes, obtuvieron la vida eterna, preservados en forma de ceniza en una ceremonia de cremación del cuerpo y del alma. Ahora, su frágil armadura es blanca y correosa, una ventana a un arcano arte perdido.

Es evidente que estas mujeres ocupaban posiciones importantes y sabemos que, pese a sus máscaras, eran mujeres, ya que las pistas de voz que se usan en sus enfrentamientos y en animaciones de muerte están interpretadas por actrices.

Para terminar, tenemos a la Reina pthumeria. En origen, este pueblo no tenía a ningún gobernante, simplemente actuaban como guardianes del viejo Laberinto.

Gran cáliz de Pthumeru Ihyll

Un cáliz que rompe un sello del laberinto. Los grandes cálices abren lugares más profundos del laberinto. Pthumeru Ihyll era el nombre de la monarca pthumeria y de su capital. Esto revela que aunque los antiguos pthumerios no eran más que humildes guardianes de los Grandes durmientes, sus descendientes se sintieron con derecho a nombrar un líder.

A medida que la sociedad pthumeria avanzaba, fueron convirtiéndose en una sociedad más estable, con una Reina como figura más importante. La capital de Pthumeru, Ihyll, recibió su nombre en honor a una de estas reinas, seguramente la primera. De todas formas, es la última Reina de Pthumeru, Yharnam, la que será el centro de nuestro análisis.

En cuanto a los hombres de la sociedad pthumeria, parece ser que eran la mano de obra y militar de Pthumeru.

Cáliz de trastumba

Un cáliz que rompe un sello del laberinto.

Las trastumbas son las catacumbas periféricas del antiguo laberinto subterráneo. Incluso hoy, los guardianes siguen ampliando las trastumbas, catacumbas informales llenas de sepulturas y muerte.

Es habitual que nuestro Cazador pueda escuchar el sonido metálico de un pico chocando contra la roca, prueba de que los no-muertos pthumerios continúan expandiendo el Laberinto más y más. Son supervisados por los Vigilantes, unos hombres gordos y horribles que portan garrotes, cuchillos, hierros incandescentes e incluso escopetas.

También hay Sombras de Yharnam, con las que nuestro Cazador se topa por primera vez en el Bosque Prohibido, mucho antes de que conozcamos el nombre de la Reina Pthumeria. Los únicos lugares en los que se puede encontrar a las Sombras son en el Bosque Prohibido y en la Pesadilla de Mensis, ambos lugares muy próximos a donde se encuentra la Reina Yharnam en ese momento. Es interesante saber que los Jabalís Antropófagos pueden ser incitados a enfrentarse a las Sombras que deambulan en la Pesadilla de Mensis. Las Sombras terminarán derrotando a los Jabalís, aunque alguna no logre sobrevivir al enfrentamiento.

Las Sombras no parecen ser aliadas de la Escuela de Mensis. Si consultamos la palabra *sombra* en un diccionario, uno de los significados, y de los menos utilizados, es: **compañero o asistente inseparable**. *FromSoftware* utilizó un recurso inteligente a la hora de presentar a las Sombras de Yharnam antes que a la **Reina**, lo que supone que, por lógica, se asocien con la **ciudad** en vez de con la realeza.

Los pthumerios eran, como los Cálices sugieren, criaturas sobrehumanas. Eran cercanos a la verdad arcana, y lograron la evolución y la metamorfosis a través del uso del trasvase de sangre, como evidencia la caída ciudad pthumeria de Loran.

Cáliz del afligido Loran

Un cáliz que rompe un sello del laberinto. Loran es un lugar trágico que fue devorado por la arena. Dicen que la tragedia que golpeó el afligido territorio de Loran tuvo su origen en la infección de la bestia. Algunos han hecho la temible extrapolación de que Yharnam será el siguiente.

Cuando nuestro Cazador viaja a las runas de Loran, se encuentra con una ciudad que, en algunos aspectos, se asemeja a Viejo Yharnam. Es un lugar devastado por la Infección de la Bestia, y la gran mayoría de sus habitantes son bestias sin razón o mujeres de la campana. Hay incluso una Bestia Oscura, la más fuerte entre todas las bestias, deambulando por los niveles inferiores de la ciudad caída, al igual que hay otra que había en Viejo Yharnam. En Viejo Yharnam, la Infección de la Bestia fue el resultado de un trasvase de sangre desenfrenado por parte de la recientemente fundada Iglesia de la Sanación, en un intento de curar la horrible enfermedad de la Sangre Cenicienta.

Cáliz de Loran inferior

Un cáliz que rompe un sello del laberinto. Pero solo un cáliz raíz cambia la forma de la mazmorra del cáliz al usarlo en un ritual. En rincones del afligido Loran quedan restos de procedimientos médicos. No se sabe si con ellos se pretendía controlar la infección de la bestia o si fueron el motivo de la propagación.

Ahora, con todas las piezas, comprendemos que lo que nuestro Cazador experimenta en el Yharnam actual ocurrió hace mucho, mucho tiempo, en la antigua Pthumeru. A través del uso de la Vieja Sangre de los Grandes, los pthumerios fueron capaces de ascender y evolucionar, pero la sangre contaminada trajo consigo la Infección de la Bestia y, posiblemente, a lo que en la actualidad se conoce como Cacería, junto a la Luna de Sangre. Esto nos conecta de nuevo con la Reina Yharnam.

Cuando la luna roja esté baja, la línea entre hombre y bestia se difuminará.
Y cuando los Grandes desciendan, un útero será bendecido con un hijo.

– Nota encontrada en Byrgenwerth.

Nuestro Cazador se encuentra por primera vez con la Reina Yharnam tras derrotar a Rom, la Araña Vacua. La horrible primera característica que llama la atención de su aspecto es la mancha de sangre que se encuentra bajo su estómago. Es una escena nauseabunda. Se encuentra en el fondo del Lago Lunar, aparentemente apareciendo de la nada, observando al cielo mientras llora. En este momento, nuestro Cazador ve por primera vez la Luna de Sangre y, a la vez, escucha el llanto de un bebé recién nacido.

En la antigua Pthumeru, la Infección de la Bestia arrasó la tierra. Parece ser que cuando surgió la Luna de Sangre, quizás por primera vez, un útero fue bendecido con un niño. Se desconoce si la Reina Yharnam fue fecundada por un Grande precisamente por ser reina o si, simplemente, fue puro azar. Durante esa Cacería, casi con total certeza, fue ella la madre potencial para engendrar a un Grande. Sin duda, y observando las manchas de sangre que pintan su estómago, el nacimiento no salió bien.

Hagamos ahora un salto temporal y viajemos varios cientos de años en el futuro, a la Yharnam actual, en la que se encuentra Arianna. Nuestro Cazador se encuentra a Arianna viviendo en el Distrito de la Catedral de Yharnam. La mujer de la noche confunde a nuestro Cazador con un posible cliente, pero le pide que se vaya, ya que no presta sus servicios durante las Cacerías. Una vez que la Vicaria Amelia es derrotada, nuestro Cazador puede volver a su ventana para que busque refugio en la Capilla de Oedon o en la clínica de Iosefka. Enviarla a la clínica de Iosefka supondrá que esta sea la última interacción entre Arianna y nuestro Cazador, pero si se mueve a la Capilla de Oedon, será posible seguir conversando con ella durante más tiempo.

Una vez que nuestro Cazador y Arianna entablan amistad, ella hace lo que cualquiera buena yharnamita haría y ofrece a su nuevo amigo un vial de su sangre. Si nuestro Cazador la acepta, recibirá la Sangre de Arianna. Es este objeto el que revela, por primera vez, indicios de que Arianna quizás sea algo más importante de lo que parecía en un principio.

Sangre de Arianna

Sangre tomada de Arianna, mujer del placer del Distrito de la Catedral. La dulce sangre de Arianna repone PS y acelera temporalmente la recuperación de brío. Un miembro de la Iglesia de la Sanación sabría con certeza que su sangre es similar a lo que antaño se prohibió.

¿Por qué tendría Arianna una sangre similar a la que una vez fue prohibida? Después de todo, la sangre fluye como el agua en Yharnam, los habitantes la comparten y se deleitan con ello. ¿Qué hace entonces especial a la sangre de Arianna?

Centrémonos en lo que nuestro Cazador encuentra al visitar las profundidades del Laberinto Pthumeru, en lo más hondo de Pthumeru Ihyll. Es ahí donde se enfrenta a la desconsolada Yharnam, Reina de Pthumeru. Una mirada en detalle a su figura parece sugerir que ha sido apresada. Un trozo de tela cubre sus ojos, cegándola, y sus muñecas están encadenadas, restringiendo su movimiento.

Es posible que este encadenamiento haya sido por un buen motivo, durante el enfrentamiento, Yharnam conseguirá librarse de los grilletes y comenzará a demostrar una maestría en el uso de la sangre que solo puede ser catalogado como mágico. Es capaz de fundirse con la sangre, moverse a través de ella, usarla para crear copias falsas de ella misma, rociarla desde sus dedos, e incluso llega a rasgar sus muñecas y pecho para invocar espadas de sangre que caerán del cielo para destrozar a nuestro Cazador.

Volviendo a Arianna, basta una simple mirada para ver que sus características son muy similares a las de la Reina Yharnam. ¿De dónde vienen esas similitudes?

De Cainhurst. El atuendo de Arianna es el vestido de una noble de Cainhurst, una como la Reina Annalise. Su cabello, el largo vestido y su evidente belleza son cualidades compartidas con la Reina Yharnam. El Vestido Noble se encuentra en Cainhurst, en una sala decorada con retratos de varios nobles. Uno de los cuadros presenta a una mujer coronada, luciendo un vestido gris y sujetando en su regazo a un bebé rubio... Quizás Arianna desciende de la Reina Annalise, quien ya había probado la sangre prohibida de Yharnam, o quizás no pertenezca a la realeza y simplemente tenga la Sangre de Cainhurst en sus genes. De cualquier modo, su sangre está prohibida.

Si nuestro Cazador también rescata a la Monja Adella y la envía a la Capilla de Oedon, puede observarse que al interactuar con Arianna, Adella se levantará de su lugar y tratará de escuchar la conversación. Al terminar el diálogo, desviará la mirada disimuladamente, evitando llamar la atención de nuestro Cazador. Es un detalle brillante que demuestra que Adella tiene vigilada a Arianna, y es posible que sea consciente de la blasfema naturaleza de su sangre.

Pero las similitudes entre Arianna y la Reina Yharnam no se resumen a sus ropajes y a sus estructuras faciales. El destino con el que se topó la Reina Yharnam, volvería a repetirse, siglos después, con Arianna.

Todos los Grandes pierden a su hijo, y luego ansían un sustituto.

El nacimiento del hijo de la Reina Yharnam no fue bien. A juzgar por la enorme mancha de sangre en su estómago y la forma en la que nuestro Cazador la encuentra sollozando frente a la Galería de Mergo, se puede deducir que el bebé no logró sobrevivir al parto. Cuando la Luna de Sangre se alza sobre la ciudad de Yharnam, Arianna comienza a sentir unos horribles dolores en su estómago.

> *"Oh, me está pasando algo raro..."*
> — Arianna.

A partir de este momento, se negará a seguir ofreciendo su sangre a nuestro Cazador, y no tendrá conversaciones nuevas hasta que Micolash sea derrotado en la Pesadilla de Mensis. Si nuestro Cazador regresa al Distrito de la Catedral, encontrará la silla de Arianna vacía. No obstante, un rastro de sangre en el suelo indica un camino. Un camino que lleva a la Tumba de Oedon. El final de este rastro lleva a nuestro Cazador a lo que seguramente sea el momento más perturbador de esta historia. Una devastada Arianna llora mientras a sus pies se arrastra una retorcida y cubierta de sangre Larva Celestial.

> *"No puede ser... Es una pesadilla."*
> — Arianna.

La Larva no hará nada más que retorcerse y emitir un triste grito a los pies de Arianna. Un simple golpe de nuestro Cazador terminará con la vida de la horrible criatura, y lo que dejará tras su muerte será un Tercio de Cordón Umbilical.

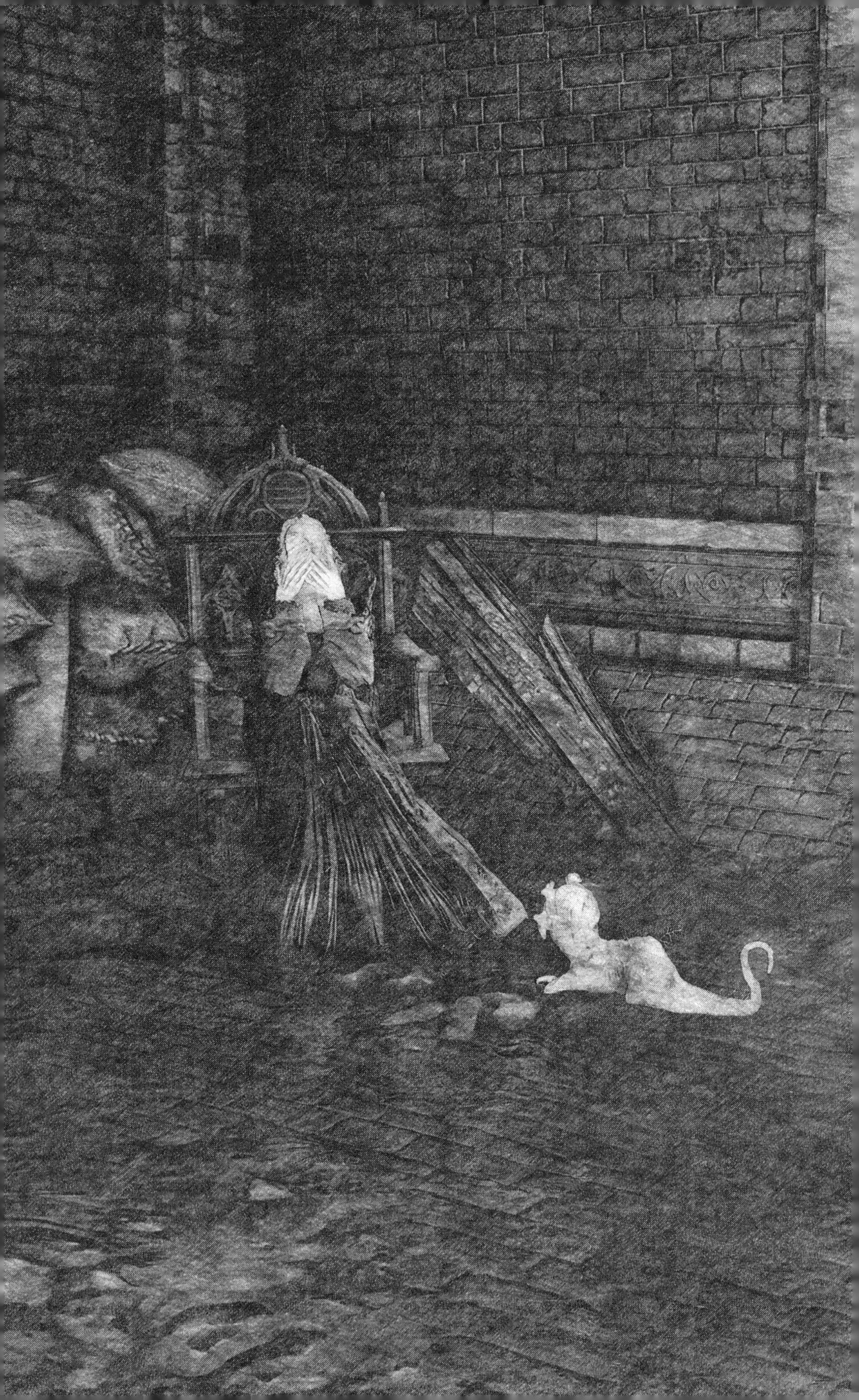

Tercio de Cordón Umbilical

Una gran reliquia, también llamada Cordón del Ojo. Todos los Grandes retoños tienen este precursor del cordón umbilical. Todos los Grandes pierden a su hijo, y luego ansian un sustituto. Y Oedon, el Grande sin forma, no es diferente. Y pensar que fue sangre corrupta la que inició este contacto arcano. Utilízalo para ganar lucidez o, como dicen algunos, ojos interiores, aunque ya nadie recuerda lo que significa eso.

Lo que viene a continuación es mi propia interpretación basada en las evidencias que he recopilado. No consideres esto como un hecho certero. Es más, aprovecha mi interpretación para sacar tus propias conclusiones.

Siglos atrás, los pthumerios descubrieron a los Grandes y la Vieja Sangre, de la que hicieron uso para ascender a un estado superior al humano. Sus cuerpos crecieron, su fortaleza aumentó y adquirieron un control arcano sobre el fuego y la sangre. La Vieja Sangre trajo consigo la Infección de la Bestia. La ciudad pthumeria de Loran fue la primera en sucumbir a la Infección, que posteriormente se extendió como una epidemia entre la población, infectando al pueblo pthumerio. Cuando la línea que separa al hombre de la bestia comienza a difuminarse, la Luna Roja estará baja. Los Grandes descenderán y un útero será bendecido con un hijo. La Reina Yharnam fue fecundada, pero todos los Grandes pierden a sus hijos.

Pero la Cacería siempre volverá a suceder, y así fue. La Luna Roja voló baja, y la frontera entre hombre y bestia comenzó a desvanecerse. Los Grandes descendieron y un vientre fue bendecido con un hijo. Arianna, la hija de la Reina Annalise, era portadora de la sangre corrompida que daría paso a un enlace sobrenatural. ¿Pero de quién era el hijo que esperaba? Esta pregunta nos conecta con Oedon, el Grande sin forma.

Runa de Caryll "Oedon sin forma"

Una runa de Caryll que transcribe sonidos inhumanos. El Grande Oedon carece de forma, solo existe en voz, y esta runa lo simboliza. Quienes la memorizan disfrutan de un suministro mayor de balas de mercurio. Humana o no, la sangre que fluye es un medio de la máxima calidad y la esencia del Grande sin forma, Oedon. Tanto Oedon como sus adoradores accidentales buscan subrepticiamente la preciada sangre.

De todos los Grandes que se conocen, Oedon es el que más se asemeja a los Dioses Exteriores de la Mitología Lovecraftiana de la que *Bloodborne* toma inspiración. Oedon es un ente tan absurdamente complejo en diseño que hace imposible que hasta *FromSoftware* pueda incluirlo en el juego pues, su forma es algo que la mente humana no puede siquiera comprender. Oedon es el Grande que más comúnmente se asocia con la Sangre, ya que sus dos runas, Oedon sin forma y Oedon retorcido, ofrecen un suministro constante de sangre y otorgan a nuestro Cazador una forma de adquirir Balas de Mercurio, fusionadas con su propia Sangre. Aunque la Iglesia de la Sanación rinde culto a varios Grandes, es evidente que Oedon ocupa una elevada posición en su panteón de deidades, parece ser incluso el Dios principal. Oedon tiene en Yharnam una capilla dedicada a su culto, al Grande de la Sangre, la entidad que envuelve todo lo relacionado con la Iglesia de la Sanación.

Oedon, el Grande sin forma, existe de forma prácticamente literal en todo nuestro entorno. Está **literalmente** en todos los lugares, sin forma física, solo con su voz. En este sentido, Oedon puede ser incluso considerado como el **Cosmos en sí mismo.** Micolash llega a descubrir esto en la Pesadilla de Mensis, cuando se encuentra comulgando con un Grande. Confunde a Oedon con Kos, llegando a pensar que se estaba comunicando con el difunto Grande del océano.

"Ah, Kos. O, como algunos dicen, Kosm...
¿Atiendes nuestras plegarias?"
– Micolash, huésped de la Pesadilla.

Durante el combate contra Micolash, este tiene una epifanía.

"¡El cosmos, por supuesto!"
– Micolash, huésped de la Pesadilla.

No es Kosm. Es el **Cosmos**. El Coro también llegará a hacer este mismo descubrimiento, creando todo su culto religioso con base en este concepto.

Insignia de guardián del ojo cósmico

Insignia de un miembro del Coro, élite de la Iglesia de la Sanación. El ojo simboliza al mismísimo cosmos. El Coro se topó con una epifanía, de manera repentina y accidental. Aquí estamos, con los pies en la tierra, pero ¿podría el cosmos estar muy cerca, justo por encima de nuestras cabezas?

Oedon es tan omnipresente que, aunque no sea equivalente a la deidad de la religión judeocristiana, es, sin duda alguna, un Dios. Esto daría origen al mantra del Coro, a su epifanía.

El cielo y el cosmos son uno. "El Coro".
– Nota encontrada de camino al Distrito de la Catedral Superior.

La temprana Iglesia de la Sanación pensaba que los Grandes estaban asociados con el agua, ya que en este elemento fue donde encontraron a Kos. El Coro, sin embargo, llegó a la conclusión de que no era el mar lo que generaba el enlace con los Grandes, sino el propio Cosmos, Oedon. Tuvo que ser Oedon el que fecundó a la Reina Yharnam, y tuvo que ser Oedon el que fecundó a Arianna.

La gran mayoría de jugadores escucharán por primera vez los llantos de un bebé cuando descubran la Luna de Sangre, justo después de vencer a Rom, la Araña Vacua. En este momento, la división entre el Mundo de la Vigilia y la Pesadilla comienza a borrarse. La Luna de Sangre se alza baja, las Amígdalas se hacen visibles, y el constante lloro de un bebé comenzará a perseguir a nuestro Cazador mientras este trata de no perder la cordura intentando comprender qué está pasando.

No es un secreto que, con una Lucidez de al menos 40 puntos, es posible ver a las Amygdalas antes de que aparezca la Luna de Sangre pero, un detalle más sutil es que también puede escucharse el llanto del bebé antes de vencer a Rom si nuestro Cazador tiene al menos 60 puntos de Lucidez. Esto implica que el bebé ya existe mucho antes de que el Ritual de Mensis tenga lugar.

Todos los Grandes pierden a su hijo y Mergo, el hijo de la Reina Yharnam y un Grande, no fue una excepción. Cuando nuestro Cazador se encuentra con la Reina Yharnam en las Tierras del Sueño, es como si su vientre hubiese sido violentamente abierto para arrebatarle a la criatura de su útero. Pero cuando se encuentra en las profundidades del Laberinto Pthumerio, parece que todavía está embarazada. Tras vencerla en ese enfrentamiento, nuestro Cazador obtiene la Piedra de Yharnam. Un extraño objeto en el que puede observarse la silueta de un feto.

Los embarazos ectópicos ocurren cuando el feto, por diversas complicaciones, comienza su desarrollo fuera del útero. Este tipo de embarazos tienen una posibilidad menor al uno por ciento de suceder, y dentro de este porcentaje, existe otra posibilidad de otro uno por ciento de que este feto se desarrolle en el abdomen de la madre. Cuando uno de estos embarazos falla, el feto pierde la vida y comienza a calcificarse y a endurecerse lentamente. Estos restos pueden permanecer dentro del cuerpo de la madre por años, e incluso décadas. Cuando se extraen, se conocen como **litopedion o bebé de piedra**. Esto es lo que deja caer la Reina Yharnam tras su muerte, el cuerpo calcificado de su Grande nonato: **Mergo**.

Nacido sin vida, lo único que pudo salvarse de Mergo fue su Cordón Umbilical. Un elemento que nuestro Cazador logra adquirir al derrotar a la Nodriza de Mergo.

Tercio de Cordón Umbilical

Una gran reliquia, también llamada Cordón del Ojo. Todos los Grandes retoños tienen este precursor del cordón umbilical. Todos los Grandes pierden a su hijo, y luego ansían un sustituto. Este Cordón concedió a Mensis una audiencia con Mergo, pero provocó el aborto de sus cerebros. Utilízalo para ganar lucidez o, como dicen algunos, ojos interiores, aunque ya nadie recuerda lo que significa eso.

Micolash ha podido ver tanto el éxito del Maestro Willem, como el fracaso de Laurence. Supo que, para poder ascender, era necesario hacer uso del Cordón Umbilical de un Grande, un objeto también conocido como el Cordón del Ojo.

Cuando la Escuela de Mensis trató de usar el Cordón Umbilical de Mergo para comulgar con el propio Mergo, el ritual resultó ser un tremendo fracaso. No es fácil entender qué supone que un Grande se pierda, o incluso que muera, ya que su existencia está en un plano muy superior al humano. Es necesario recordar que incluso aunque una persona llegue a morir en el Mundo de la Vigilia, su consciencia pueda continuar viva en la Pesadilla.

Mergo vivió en la Pesadilla, seguramente vinculado parcialmente a su Nodriza, o quizás manifestado a través de esta. Es posible que la Escuela de Mensis llegase a comunicarse con Mergo a través de su Cordón Umbilical pero lo que encontraron fue una concepción de la muerte tan sobrenatural e incomprensible que resultó en la anulación y bloqueo de sus propias mentes.

"Pero ten cuidado. Los secretos lo son por algo.
Y algunos prefieren que no sean desvelados.
Sobre todo, cuando son particularmente indecorosos..."
– Simon, el Atormentado.

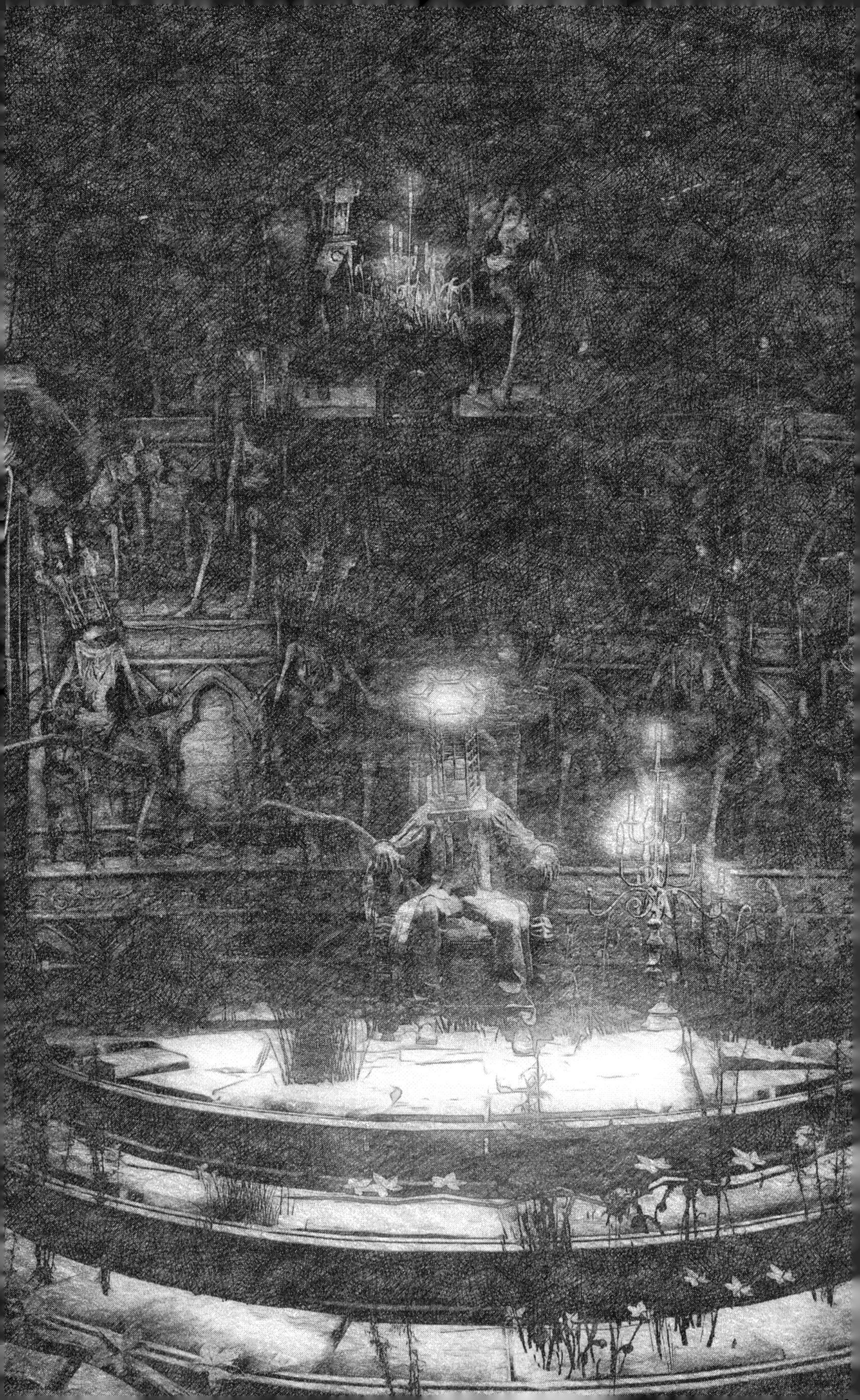

— Capítulo 08 —
Micolash, la Luna de Sangre, las Tierras del Sueño y los Grandes

> *"¡Ooh!*
> *¡Glorioso!*
> *Un cazador es un cazador,*
> *incluso en un sueño.*
> *¡Pero, oye, no tan rápido!*
> *¡La pesadilla se agita y gira*
> *vertiginosamente!"*
>
> — Micolash, huésped de la Pesadilla.

Si existe un personaje en *Bloodborne* que realmente pueda considerarse malvado, seguramente Micolash sea el que mejor encaje. Los Grandes son entes tan complejos y extraterrestres que no pueden atribuirse conceptos morales como "bueno" o "malo".

Parece que Willem trató de evitar por todos los medios que se desencadenasen los sucesos que ocurren en *Bloodborne*. Las Bestias dejaron de ser criaturas con raciocinio. Yharnam es representada como una figura trágica, víctima de unas circunstancias que escaparon a su control. Annalise se enfrentó a la Iglesia de la Sanación y trató de llevar a su pueblo a una nueva etapa de prosperidad. Laurence y Gehrman trataron de frenar la propagación de la Infección de la Bestia. Ludwig trató de establecer una organización con el fin de defender a los inocentes. Eileen solamente da muerte a los Cazadores que han sucumbido a la sed de sangre. La Bestia Abominable es incapaz de superar el horror de haber sido tan maltratado por la Infección, que es devastador escuchar sus palabras y ver el estado en el que se encuentra. Maria realmente se preocupaba por sus pacientes del Pabellón de Investigación y sentía una profunda culpabilidad por sus acciones en la Aldea Pesquera. Patches es un ser malvado, pero también amigable. La Falsa Iosefka trata desesperadamente de terminar su investigación, con la idea de elevar y salvar a la humanidad. Alfred tan solo desea que Logarius descanse en paz. Gascoigne da caza a lo que él cree que son monstruos. Micolash, por otro lado, está completamente loco y parece estar feliz con ello.

Pareciera que la propia existencia del personaje de Micolash es una broma de los desarrolladores del juego hacia el jugador. Nuestro Cazador ha llegado tan lejos, ha hecho frente a tantos enemigos y se ha esforzado tanto en encontrar la respuesta a tantas preguntas que, cuando finalmente se encuentra con una persona que realmente podría explicarle qué está sucediendo, resulta que está totalmente loco. Es como si los desarrolladores se mofasen del jugador diciendo: *"¿Seguro que quieres respuestas? Él sabe la verdad, observa cuánto bien le ha hecho."*

Pero, antes de conocer la condición de Micolash como Huésped de la Pesadilla, hay que volver al pasado y ver cómo es la historia de este personaje y su Escuela de Mensis.

> *Para comenzar, solamente utilizaré la información y las evidencias que pueden ser encontradas en el juego. Guardaré mi interpretación y mis propias opiniones para el final, de esta forma podrás crear tus propias conclusiones con los hechos presentados.*

Todo comenzó en Byrgenwerth. Un grupo de Eruditos descubrió la existencia de los Grandes y el increíble poder de la Vieja Sangre. Este hallazgo generó una división en la ideología del grupo, dando como resultado que un grupo de Eruditos abandonasen la Academia de Byrgenwerth y fundasen la Iglesia de la Sanación.

Micolash era también uno de esos Eruditos, como revela el andrajoso uniforme de Erudito de Byrgenwerth que viste cuando nuestro Cazador se lo encuentra en la Pesadilla de Mensis.

Uniforme de estudiante

El uniforme de los estudiantes de Byrgenwerth, institución de enseñanza de antaño. Versión con capa gruesa. La Iglesia de la Sanación tiene sus raíces en Byrgenwerth, y es obvio que se inspira en el diseño de sus uniformes. El enfoque puesto no en el conocimiento ni en la reflexión, sino en la pura ostentación haría que el maestro Willem cayera presa de la desesperación.

La Iglesia de la Sanación, en sus orígenes, llevaba sus investigaciones y trabajos con discreción. El Taller de Gehrman funcionaba como una policía secreta al servicio de la Iglesia. Micolash, mientras tanto, fundó la Escuela de Mensis, una división dentro de la Iglesia que serviría para poder continuar las investigaciones que se hicieron en Byrgenwerth.

Llave de la Catedral Superior

Llave del sello del Distrito de la Catedral superior.
Los niveles superiores de la Iglesia de la Sanación están formados por la Escuela de Mensis, con sede en la Aldea Invisible, y por el Distrito de la Catedral superior. Esta llave te acerca un paso más al Coro.

La llave de la Catedral Superior se encuentra en Yahar'gul, en el cadáver de un miembro del Coro que murió encarcelado. Con su sede en Yahar'gul, la Escuela de Mensis de Micolash permanecería oculta gracias a la Iglesia de la Sanación.

Atuendo Negro de Yahar'gul

Grueso jersey negro que llevan los cazadores de la Aldea Invisible. Los cazadores de Yahar'gul responden ante los fundadores del pueblo, la Escuela de Mensis. Cazadores solo de nombre, estos secuestradores se funden en la noche llevando este atuendo. Está pensado principalmente para defenderse de los ataques físicos, y la gruesa cuerda sirve para proteger al portador y sujetar a sus enemigos.

Los sirvientes de la Escuela de Mensis aprovecharían el oscuro manto de la noche para secuestrar a pobres inocentes que servirían de protagonistas a sus experimentos en Yahar'gul. Nuestro Cazador puede ser una de esas víctimas secuestradas si es vencido por uno de estos **Secuestradores**, una clase de enemigo que hace su primera aparición tras derrotar a la Bestia Sedienta de Sangre. Nuestro Cazador también se puede encontrar y luchar contra un par de cazadores de Yahar'gul que se encuentran, seguramente al acecho de posibles nuevas víctimas, en los alrededores del Distrito de la Catedral. De cualquier modo, parece que, poco a poco, la Escuela de Mensis se fue separando de la Iglesia de la Sanación. Mientras que los habitantes de Yharnam veneraban la Vieja Sangre y rendían un respetuoso culto a los Grandes, considerándolos una especie de divinidades, los aldeanos de Yahar'gul adoraban directamente a los Grandes. En la aldea pueden encontrarse numerosas figuras retorcidas que adornan las calles y las capillas, dedicadas a Grandes con apariencia arácnida.

Es más, los rituales llevados a cabo por la Escuela de Mensis parecen estar relacionados, de forma directa o indirecta, con la llegada de la Luna de Sangre. Pero, ¿qué es la Luna de Sangre?

Los locos se afanan a escondidas en rituales para invocar a la luna. Descubre sus secretos.
– Nota encontrada en Yahar'gul, la Aldea Invisible.

El ritual de Mensis debe ser detenido, o todos nos convertiremos en bestias.
– Nota encontrada en Yahar'gul, la Aldea Invisible.

Cuando la luna roja esté baja, la línea entre hombre y bestia se difuminará.
– Nota encontrada en Byrgenwerth.

La luna roja está baja y las bestias dominan las calles. ¿Tenemos alguna otra opción que no sea reducir todo a cenizas?
– Nota encontrada en Viejo Yharnam.

¡Mirad! ¡Un cielo de sangre pálida!
– Nota encontrada en Yahar'gul, la Aldea Invisible.

La primera vez que nuestro Cazador ve la Luna de Sangre es tras derrotar a Rom, la Araña Vacua. Allí, en las profundidades del Lago Lunar, también se encuentra la Reina Yharnam, apareciendo de la nada tras la batalla contra Rom. Llora mientras mira fijamente al cielo. Nuestro Cazador sigue su mirada hasta encontrarse con una enorme Luna de Sangre sobre su cabeza. Tras este evento, todo cambia. En este momento, *Bloodborne* pasa de ser una historia de Sangre y Bestias a ser una historia de terror. De criaturas sobrenaturales que tejen sus hilos entre bambalinas. Aunque, quizás, **siempre** fuese una historia de terror sobrenatural, solo que todavía **no estábamos preparados para poder verlo.**

Muchos jugadores, en su primera partida, escucharán un extraño ruido al salir de la Capilla de Oedon, un sonido que se asemeja al de una aspiración. Puede que observen incluso una extraña formación en el aire que se desliza a través de este. Si son curiosos, se acercarán para saber más sobre este extraño suceso. En este momento, nuestro Cazador se elevará por los aires como sujetado por una fuerza invisible, será aplastado y sucumbirá al Frenesí, muriendo al instante. Si el jugador no muestra más interés, cosa que es lógica, pensará que es una absurda trampa de Miyazaki para burlarse de él. Pero en realidad, lo que termina con la vida de nuestro Cazador es una Amygdala, o al menos así nos referiremos a esta criatura.

No queda claro si el **nombre** Amygdala hace referencia al Grande que habita en la Frontera de la Pesadilla, o si hace referencia a la especie.

Brazo de Amygdala

El brazo de un Grande Amygdala pequeño. Estrictamente hablando, el brazo de Amygdala no es un arma con truco, pero algunos locos los empuñan como si fueran palos. Empieza como una gran arma contundente hecha de hueso pero, al extenderla, la mano tiembla como si siguiera viva.

Ya que el término Grande es demasiado amplio, será mejor referirse a estas criaturas como Amygdalas. Una vez que nuestro Cazador derrota a Rom y la Luna de Sangre se alza, las Amygdalas dejarán de estar ocultas y, de hecho, es impactante saber que **siempre han estado ahí.**

Esto nos conecta con las **Tierras del Sueño.**

Muchos jugadores, la mayoría seguramente, estarán confusos con las palabras Sueño y Pesadilla, ambos conceptos muy recurrentes en *Bloodborne*. La mayoría de jugadores no estarán familiarizados con la obra de H. P. Lovecraft, la principal fuente de inspiración en el juego de Miyazaki. Y, seguramente, la gran mayoría de los que hayan leído algo del escritor de Providence habrán leído sus historias más modernas, tales como *La Sombra sobre Innsmouth* o *La llamada de Cthulhu*.

Pero, sobre el ecuador de la breve bibliografía de Lovecraft, tenemos lo que los expertos en el escritor denominan el **Ciclo Onírico.**

Para Lovecraft, el acto de soñar era un método a través del cual los seres humanos eran capaces de transportar su consciencia a dimensiones alternativas. Las Tierras del Sueño **no** son una ilusión, son un lugar real. Las Tierras del Sueño son lugares tan reales como lo son Yharnam, Byrgenwerth, Cainhurst o Yahar'gul. El simple hecho de que nuestro Cazador pueda recoger objetos de las Tierras del Sueño y llevarlas al Mundo de la Vigilia es la prueba de que estos lugares realmente existen.

Elixir de plomo

Una medicina líquida, pesada y espesa. Altera temporalmente el peso para poder esquivar ataques más fácilmente, pero hay que usarla con cuidado, ya que también frena el movimiento sin cambiar la defensa. Se desconoce la receta de este misterioso preparado, pero algunos postulan que solo se materializa en las pesadillas más desesperadas.

Existen cuatro lugares distintos en las Tierras del Sueño a los que nuestro Cazador puede acceder: La Frontera de la Pesadilla, el Edificio Lectivo, la Pesadilla del Cazador y el Sueño del Cazador. El Sueño del Cazador es el primer lugar al que nuestro Cazador viaja dentro de las Tierras del Sueño, y es el lugar que sirve de nexo para viajar al resto de regiones del mundo de *Bloodborne*.

La siguiente localización que nuestro Cazador puede visitar es el Edificio Lectivo. Esta construcción pertenecía a la Mansión de Byrgenwerth en origen pero, de alguna forma desconocida, fue arrancado y transportado a las Tierras del Sueño. El Edificio Lectivo está conectado a la Pesadilla, la que a su vez está compuesta por la Pesadilla de Mensis y la Frontera de la Pesadilla. A juzgar por el hecho de que en piso superior del Edificio Lectivo se encuentra uno Gigante de la Iglesia de la Sanación, es sensato pensar que la Escuela de Mensis hizo uso de este espacio en algún momento. Cuando nuestro Cazador abre ciertas puertas en el Edificio Lectivo y es transportado a la Pesadilla, pueden observarse y escucharse los mismos efectos visuales y sonoros que se producen cuando este usa una lámpara.

Las Tierras del Sueño son ubicaciones que existen de forma paralela a nuestro mundo. Tienen un paisaje, como el nuestro, aunque este paisaje funciona con unas reglas ligeramente diferentes. La teletransportación es otro método de transporte dentro de las Tierras del Sueño. Estos lugares existen de forma paralela a nuestro Mundo de la Vigilia. Mientras que el Mundo de la Vigilia está dominado por la humanidad, las Tierras del Sueño están dominadas por los Grandes. Estas dos realidades existen como un reflejo la una de la otra.

La Frontera de la Pesadilla parece ser un reflejo de la devastada ciudad pthumeria Loran, puesto que las Bestias plateadas de esa zona merodean en la Frontera y la Amygdala deja, tras su derrota, el **Cáliz del Afligido Loran.**

La Pesadilla del Cazador parece ser el equivalente a la propia ciudad de Yharnam y el Sueño del Cazador es, lógicamente, el Taller abandonado de Gehrman. Todos estos lugares son ubicaciones muy similares a sus contrapartes en el Mundo de la Vigilia, pero con alguna que otra diferencia.

Para explicarlo de forma sencilla, pensemos en un espejo común. Imaginémonos observando nuestro propio reflejo durante una hora y, por un breve instante, vemos una figura detrás. Giramos la cabeza para poder ver qué hay realmente detrás de nosotros, pero no vemos nada, de vuelta en el espejo, tampoco se percibe nada. Todo está como antes. Lo que acabamos de vivir se considera una fisura en el velo que separa los dos mundos, el Mundo de la Vigilia y las Tierras del Sueño. De hecho, la figura sigue ahí, detrás, en un plano de realidad paralelo al nuestro. Quizás la figura que vimos simplemente mostró curiosidad por nosotros y quiso saber más y, con ese acto, se hizo visible por un instante en nuestra realidad.

¡Mirad!
¡Un cielo de sangre pálida!
– Nota encontrada en Yahar'gul, la Aldea Invisible.

Nuestro Cazador puede encontrar este mensaje antes de vencer a Rom, lo cual no deja de ser extraño pues, aunque miremos al cielo, no veremos nada fuera de lo común. El mensaje seguirá en el mismo sitio tras la muerte de la Araña Vacua, pero ahora sí cobra sentido, ya que esta vez el cielo mostrará la Luna de Sangre en todo su esplendor. Pero, claro que el mensaje tenía sentido incluso antes de vencer a Rom, pues la Luna de Sangre siempre estuvo ahí, **simplemente no podíamos verla.**

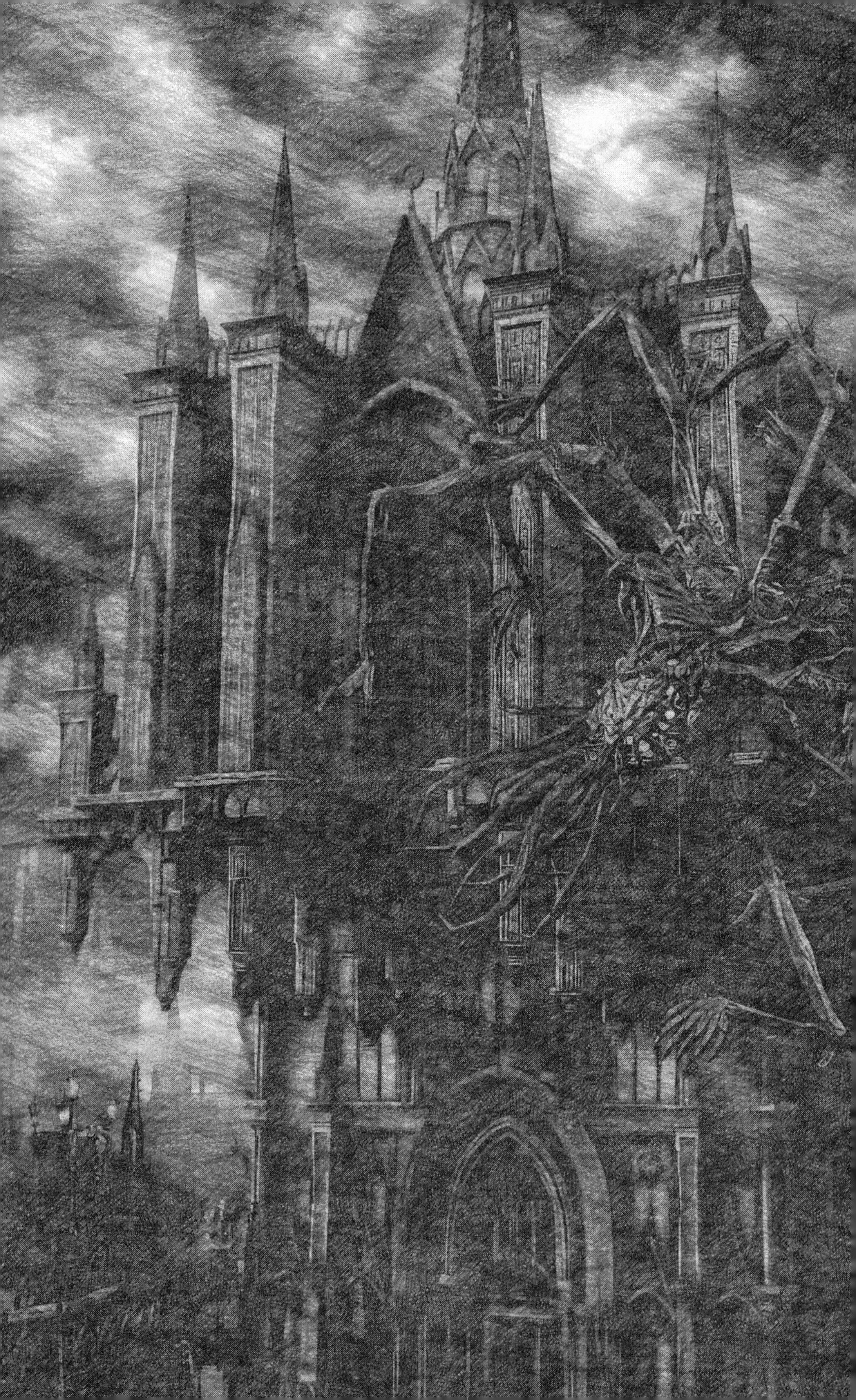

Esta es la propiedad que define a la Lucidez. Antes de la muerte de Rom, con cuarenta puntos de Lucidez, nuestro Cazador podrá ver a las Amygdalas del Distrito de la Catedral. Con cincuenta puntos, la melodía del Sueño del Cazador cambiará a versión que suena tras vencer a la Araña Vacua. Con sesenta puntos, nuestro Cazador escuchará el llanto de un bebé cuando se acerque a Arianna.

La Lucidez permite a nuestro Cazador ver partes del mundo paralelo que le rodea y que existe más allá de la percepción humana. Tras la muerte de Rom, el velo que separa ambos mundos colapsa. La Lucidez ya no es necesaria, la Luna de Sangre se alza, las Amygdalas se hacen visibles, el llanto de un bebé se escucha constantemente. Los habitantes de Yharnam caen en la locura al ser obligados a entender la dimensión de su realidad. El simple hecho de observar a un Grande puede quebrar la mente de cualquiera, más aún cuando se descubre que siempre han estado ahí, acechándonos.

¿Cómo encaja todo esto? ¿Cómo es capaz Micolash de invocar a la Luna de Sangre? ¿Por qué está en la Pesadilla de Mensis? ¿Por qué es él el anfitrión?

> Lo que viene a continuación es mi propia interpretación basada en las evidencias que he recopilado. No consideres esto como un hecho certero. Es más, aprovecha mi interpretación para sacar tus propias conclusiones.

La Escuela de Mensis fue fundada para seguir los estudios de los Grandes que comenzaron en Byrgenwerth. Micolash era el informante de Laurence y de la Iglesia de la Sanación y, a cambio, esta mantenía la existencia de la Escuela en secreto. Tras la purga de Viejo Yharnam, mantener el secreto dejó de ser una prioridad y se creó la división del Coro, que estudiaría la Vieja Sangre de los Grandes y a Ebrietas. Puesto que Micolash hace uso del Augurio de Ebrietas durante su enfrentamiento contra nuestro Cazador, es lógico suponer que, al principio, colaboraba con el Coro. Pero con el paso del tiempo, los experimentos y rituales de la Escuela de Mensis comenzaron a ser cada vez más retorcidos. Micolash comenzó a secuestrar a Cazadores, seguramente con el objetivo de atormentar a Ludwig. Pueden encontrarse hasta el cuerpo de un miembro del Coro encadenado y encarcelado en la prisión de Yahar'gul, sugiriendo que Micolash y los estudiantes de la Escuela comenzaban a asumir más riesgos cuanto más se acercaban a la Verdad Arcana. Como respuesta a estos actos, el Coro envió a un hombre llamado Edgar a infiltrarse en la Escuela de Mensis para averiguar qué estaba ocurriendo, ya que la organización comenzó a ocultar sus investigaciones al Coro.

De Edgar se sabe muy poco, se encuentra en la Pesadilla de Mensis, viste el Uniforme de Estudiante y está armado con una Espada Sagrada de Ludwig y Romero. La Guía Oficial de Bloodborne se refiere a él como *Edgar, la Inteligencia del Coro*. Lo que Edgar descubrió en la Escuela de Mensis fue que los estudiantes veneraban a los Grandes como si de auténticos dioses se tratase, y de manera más específica, a las Amygdalas.

Las motivaciones de las Amygdalas son un misterio. Está claro que estos seres divinos podrían arrasar Yharnam si así lo deseasen. Las armas de los mortales no suponen amenaza alguna para los Grandes. Resulta curioso ver cómo permanecen pasivas y prácticamente inmóviles, viendo cómo los humanos hacen su vida, acercándose por mera curiosidad para agarrar a algún incauto. Las Amygdalas solo se encuentran en lugares de culto. Una se encuentra rodeando la fachada de la Capilla de Oedon, otra está en la Iglesia abandonada que sirve de entrada a Yahar'gul. La Amygdala a la que se enfrenta nuestro Cazador en **la Frontera de la Pesadilla** parece estar en algo similar a una gran catedral, en la que seguramente los antiguos pthumerios veneraban a los Grandes.

Runa de Caryll "Luna"

Símbolo secreto de Caryll, forjador de runas de Byrgenwerth. Una transcripción de "luna", en la pronunciación de los Grandes que viven en la pesadilla. Permite conseguir más ecos de sangre. Los Grandes que habitan en la pesadilla son espíritus amistosos y suelen responder cuando se los llama.

Quizás esta descripción explique el motivo por el que las Amygdalas se congregan en lugares de culto. Quizás sí escuchan los rezos y las peticiones de los seres humanos. De todos modos, las Amygdalas pueden encontrarse en **todo** Yahar'gul.

A medida que Micolash y la Escuela de Mensis se acercaban a la Verdad Arcana, despertaban el interés de más y más Grandes. Irónico pensar que el último ritual de esta organización supondría su perdición. De alguna forma desconocida, Micolash consiguió hacerse con el Cordón Umbilical de un Grande, con el de

Mergo, para ser exactos. Esta era la única prueba que necesitaban, el Cordón Umbilical de un verdadero Grande, Mergo, hijo de la Reina Yharnam y el Grande Oedon. Con los resultados adquiridos en sus investigaciones y un Cordón del Ojo en su poder, Micolash y los estudiantes de Mensis trataron de ascender al plano de los dioses, al igual que había hecho Willem con Rom a través del Cordón del Huérfano de Kos. Micolash llegaría a alinear su mente y sus ojos.

Tercio de cordón umbilical

Una gran reliquia, también llamada Cordón del Ojo.
Todos los Grandes retoños tienen este precursor del cordón umbilical.
Todos los Grandes pierden a su hijo, y luego ansían un sustituto.
Este Cordón concedió a Mensis una audiencia con Mergo, pero provocó el aborto de sus cerebros. Utilízalo para ganar lucidez o, como dicen algunos, ojos interiores, aunque ya nadie recuerda lo que significa eso.

Mergo estaba muerto. De hecho, Mergo había nacido muerto siglos atrás en la antigua Pthumeru. No queda claro que implica qué un Grande esté *muerto*, o siquiera si puede estarlo como tal. Cuando la Escuela de Mensis tomó comunión con el difunto Grande, Yahar'gul conoció su final. El velo entre los mundos se rasgó, las Mujeres de la Campana trajeron a los muertos de vuelta a la vida, los ciudadanos que intentaron huir de la masacre fueron convertidos en piedra, fusionados eternamente con las paredes que tan desesperadamente habían tratado de escalar. Los numerosos ataúdes que se amontonaban en las calles estallaron, y las partes de los cuerpos que había en su interior se unieron en unas monstruosas amalgamas de carne y huesos que se revelaban y atacaban a los Secuestradores de la Escuela.

Mensis fue arrastrada a la Pesadilla, arrancada de la realidad. Micolash y los estudiantes murieron, pero sus consciencias fueron absorbidas también por la Pesadilla. Muy pocos lograron sobrevivir a este evento, y de los únicos de los que tenemos constancia son Edgar y el propio Micolash. Edgar seguramente sobreviviese gracias a no llevar la Jaula de Mensis puesta y a no haber participado en el ritual, pero el caso de Micolash es algo digno de estudio. Fue arrastrado a las Tierras del Sueño, en concreto a la Pesadilla, pero su cuerpo continúa en Yahar'gul, a modo de enlace entre ambas realidades. Al igual que las lámparas de Yharnam sirven de enlace entre los diferentes lugares y el Sueño del Cazador, el cuerpo sin vida de Micolash, sirve de enlace a la Pesadilla, y de ahí que se le conozca como al huésped de la Pesadilla.

Como ya se ha dicho anteriormente, la Pesadilla parece ser un reflejo de la vieja ciudad pthumeria de Loran. Si esto resultase ser cierto, es probable que Loran fuese el lugar en el que sucedió el fallido nacimiento de Mergo. En la cima de la Galería de Mergo, la zona más alta del castillo que se encuentra en la Pesadilla de Mensis, nuestro Cazador se encuentra de nuevo con la desconsolada Reina Yharnam. Su mirada está fija sobre el ascensor que conduce a la zona en la que nuestro Cazador combate contra la Nodriza de Mergo.

Antiguamente, la nodriza era una mujer que daba el pecho a un bebé cuando, por el motivo que fuese, la madre de la criatura no podía hacerlo. Durante el enfrentamiento contra la Nodriza suena el tema *"Nana de Mergo"*, una melodía que no pasa desapercibida. Quizás, la Nodriza era un Grande al que se había invocado para que se hiciese cargo de la futura criatura o, quizás, es una manifestación de la consciencia de Mergo. Sea cual sea la verdadera explicación, el hecho es que la Nodriza es un Grande completo. Su sangre es de color rojo, al igual que la sangre de las Amygdalas, la del Huérfano de Kos y la de la Presencia Lunar, a diferencia de la sangre clara que expulsan los Semejantes.

La Nodriza es la fuerza dominante que dirige la Pesadilla desde lo más alto de la Galería de Mergo y, cuando es derrotada por nuestro Cazador, ocurre algo curioso. Cuando un enemigo de esta categoría, un jefe de zona, es derrotado, saldrá en pantalla un cartel azulado con el texto **PRESA ASESINADA**, pero al derrotar a la Nodriza de Mergo, el cartel será de un tono rojizo y el texto mostrado es **PESADILLA EJECUTADA**. Si nuestro Cazador avanza en su aventura de manera natural, esta será la primera aparición de este tipo de cartel, así que es lógico que llame la atención. Para buscar el patrón de este cartel, veamos qué sucede cuando nuestro Cazador vence a los Grandes completos con los que se encuentra. Tenemos conocimiento de cuatro: la antes mencionada Nodriza de Mergo, la Amygdala de la Frontera de la Pesadilla, el Huérfano de Kos de la Pesadilla del Cazador y la Presencia Lunar del Sueño del Cazador. De estos cuatro Grandes, el único enfrentamiento que no termina con el mensaje **PESADILLA EJECUTADA** es el de la Amygdala, lo que implica que los otros tres Grandes sean los únicos enemigos que comparten ese característico cartel.

Esto fue un misterio durante mucho, mucho tiempo, pero la conclusión era más sencilla de lo que cabía esperar: la Amygdala no está muerta. Tras derrotar a la que habita en la Frontera de la Pesadilla, las otras Amygdalas siguen viviendo. Es más, nuestro Cazador vuelve a enfrentarse a otra en el Laberinto

Pthumerio. Es posible que, después de todo, las Amygdalas no sean individuos independientes de una especie, sino un Grande en conjunto. Patches se refiere a la Amygdala del Distrito de la Catedral como si fuese un único ser. Esta teoría cobra más sentido cuando pensamos en la Nodriza de Mergo, y es que durante su combate, este Grande puede duplicarse y atacar a nuestro Cazador. Los Grandes existen en un nivel superior a la comprensión humana y por ello, ¿quién puede asegurar que no puedan existir en varios lugares a la vez? En las profundidades de Isz, nuestro Cazador vuelve a encontrarse con Ebrietas de nuevo, y da la impresión de que lleva allí mucho tiempo. Pero, dejando a un lado el misterio tras el mensaje de **PESADILLA EJECUTADA**, lo cierto es que eliminando a la Nodriza, la consciencia de Mergo desaparece, y con ello, los Rituales de Mensis terminan.

La realidad es que el ritual **no fue un completo fracaso.** El ascenso llegó a funcionar, mejor o peor, pero funcionó. Un nuevo Grande nació de las mentes destrozadas de los estudiantes de la Escuela: el **Cerebro de Mensis.**

Hilo viviente

Un material especial usado en un ritual del cáliz sagrado.
El inmenso cerebro que Mensis consiguió en la pesadilla sí estaba alineado con los ojos del interior, pero eran de un tipo malvado, y el propio cerebro estaba completamente podrido. Aun así, era un Grande de verdad, y dejó una reliquia. Una reliquia viva, algo verdaderamente valioso.

El Cerebro de Mensis es un indefenso Grande cuya única fortaleza es la habilidad que tiene para causar la locura en la mente de quienes lo miran. Está suspendido y sujetado por cadenas en la Galería de Mergo, haciendo el papel de arma viviente para causar la locura a los visitantes no deseados. Si nuestro Cazador logra superar la zona por la que deambulan varias Linternas de Invierno, llegará a los controles de las cadenas que sujetan al Cerebro, siendo posible soltarlas y arrojar al Grande a un oscuro abismo en lo más profundo de la Galería de Mergo. Si nuestro Cazador visita este abismo, se encontrará allí al inofensivo e indefenso Grande.

Es realmente triste encontrarse al Cerebro de Mensis en un lugar así en ese patético estado. No es más que una masa cerebral repleta de ojos que observan como nuestro Cazador camina hacia él. No es sencillo saber qué hacer en este momento, ¿debería nuestro Cazador terminar con su vida? La verdad es que no es una criatura agresiva, simplemente está ahí, en el suelo, sin posibilidad alguna de defenderse. Pero existe una opción que no todo el mundo conoce y es que, en lugar de atacar, nuestro Cazador puede realizar el gesto **Establecer Contacto** frente al Grande.

Jaula de Mensis

La Escuela de Mensis controla la Aldea Invisible. Esta jaula de hierro hexagonal indica lo raros que son. La jaula es un dispositivo que constriñe la voluntad de uno y le permite ver el mundo profano tal y como es. También sirve de antena que facilita el contacto con los Grandes del sueño. Pero, para un observador, la jaula parece ser precisamente lo que los llevó a su angustiosa pesadilla.

Tras descubrir que la Muñeca del Sueño del Cazador respondía a los gestos de nuestro Cazador, era lógico pensar que quizás otros personajes también lo hiciesen.

Esto puede llevar a cualquier jugador a invertir una enorme cantidad de minutos dedicados a, simplemente, hacer gestos delante de personajes y elementos sospechosos con la única intención de descubrir algún secreto, pero la triste realidad es que, salvo por la Muñeca, el otro único personaje que reaccionará a los gestos será el Cerebro de Mensis.

Tras realizar por completo el movimiento de brazos de "Establecer Contacto", nuestro Cazador recibirá la que seguramente sea la runa más poderosa en su inventario, la Runa de Caryll "Luna".

Runa de Caryll "Luna"

Símbolo secreto de Caryll, forjador de runas de Byrgenwerth. Una transcripción de "luna", en la pronunciación de los Grandes que viven en la pesadilla. Permite conseguir más ecos de sangre. Los Grandes que habitan en la pesadilla son espíritus amistosos y suelen responder cuando se los llama.

Es triste ver a una cosa así, en ese estado, sin oportunidad contra nuestro Cazador. Quizás el hecho de que sea la Runa de Caryll "Luna" lo que nos concede, una Runa que aumenta el número de Ecos de Sangre que nuestro Cazador obtiene al acabar con los enemigos, es una especie de petición para que también terminemos su sufrimiento. Su muerte recompensa a nuestro cazador con el Hilo Viviente, un objeto muy preciado, ya que es necesario para acceder a Pthumeru Ihyll.

En todos estos años desde la salida del juego, nunca se ha descubierto que la Jaula de Mensis sirva para revelar algún secreto. Y es algo realmente extraño, pues es un objeto que en diseño y concepto parece estar hecho para desbloquear algo oculto. Y es que, tal vez la Jaula de Mensis no tenga ninguna función después de todo. Quizás, en su locura, los estudiantes de la Escuela de Mensis se convencieron de que era una herramienta necesaria en la búsqueda de su propósito, aunque realmente no sirviese para nada. Su locura, al fin y al cabo, terminaría arrastrándose a su horrible pesadilla.

"Concédenos ojos, concédenos ojos. Coloca ojos en nuestro cerebro para purificar nuestra bestial idiotez."
– Micolash, huésped de la Pesadilla.

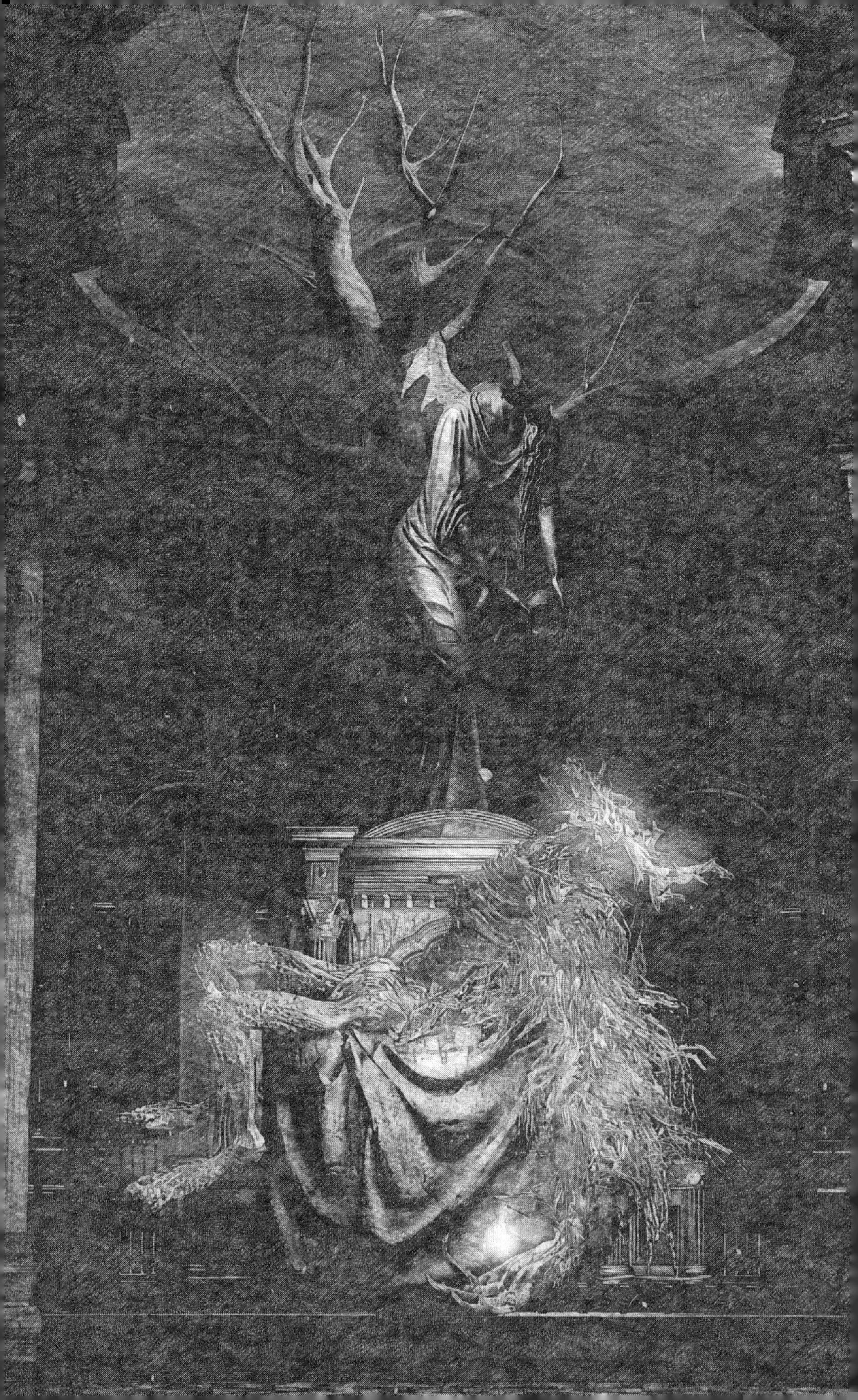

Capítulo 09
Laurence, Gehrman y la Marca del Cazador

> *"Busca la vieja sangre. Recemos, deseemos.*
> *Para comulgar juntos. Comulguemos juntos...*
> *y démonos un festín con la vieja sangre.*
> *Nuestra sed de sangre nos sacia, calma nuestros miedos.*
> *Busca la vieja sangre. Pero cuidado con la fragilidad de*
> *los hombres. Su voluntad es débil y sus mentes jóvenes.*
> *Estas asquerosas bestias nos ofrecen néctar y tientan a*
> *los dóciles. No confíes en la fragilidad de los hombres.*
> *Su voluntad es débil y sus mentes jóvenes.*
> *Si no fuera por el temor, nadie lamentaría la muerte."*
> – Vicaria Amelia.

Laurence y Gehrman. Juntos, cambiarían el mundo. ¿De dónde vienen originalmente estos personajes? ¿Cuál fue el motivo de su desgracia? ¿Qué le sucedió a Laurence? ¿Cómo puede estar Gehrman atrapado en el Sueño del Cazador?

Viendo, en la actualidad, cómo terminó su organización, lo único que podemos hacer es preguntarnos cuáles eran sus metas cuando comenzó todo. ¿Querían construir un mundo mejor? ¿Buscaban el poder personal? Quizás simplemente eran unos locos, guiados por la curiosidad científica, que no dudaban en eliminar a los inocentes que se cruzasen en su camino. En este penúltimo capítulo, los protagonistas serán estos dos sujetos, su historia y las consecuencias que desencadenaron sus actos.

> Para comenzar, solamente utilizaré la información y las evidencias que pueden ser encontradas en el juego. Guardaré mi interpretación y mis propias opiniones para el final, de esta forma podrás crear tus propias conclusiones con los hechos presentados.

Nuestro Cazador se despierta en un mundo teñido por el horror. No hay ninguna explicación o contexto, ni siquiera existe algo concreto que preguntar.

El mundo es confuso, terrible y cruel. Si nuestro Cazador hubiese estado solo, no habría llegado muy lejos desde que inicia su viaje. Pero nuestro Cazador nunca está solo.

> *"Ajá, debes de ser el nuevo cazador. Bienvenido al Sueño del Cazador.*
> *Este será tu hogar... por ahora.*
> *Soy... Gehrman, amigo de los cazadores.*
> *Seguro que estás hecho un buen lío, pero no pienses demasiado en todo esto.*
> *Sal y mata unas cuantas bestias. Te vendrá bien.*
> *¡Ya sabes, es lo que hacen los cazadores! Te acostumbrarás..."*
> – Gehrman, el Primer Cazador.

Gehrman proporciona un hogar y un taller a nuestro Cazador. Desde el Sueño del Cazador, Gehrman servirá como una especie de mentor. Pero, ¿quién es Gehrman? ¿De dónde viene y por qué está ahí?

> *"Fue cazador hace mucho, mucho tiempo, pero ahora solo les ofrece consejos.*
> *Es extraño, invisible en el mundo onírico.*
> *Sin embargo, está aquí, en este sueño."*
> – Muñeca del Sueño del Cazador.

Gehrman fue el Primer Cazador, y él fue el origen de todas las técnicas modernas utilizadas en las cacerías. Un tema recurrente en el personaje de Gehrman es la compasión. Una compasión que comparte con los Cazadores a los que arrebata la vida en el Sueño del Cazador, tras la Cacería.

Hoja de entierro

Un arma con truco que llevaba Gehrman, el primer cazador. Es una obra maestra que definió toda la batería de armas que se crearon en el taller. Su hoja está forjada con siderita, que se dice que cayó de los cielos. Sin duda Gehrman veía la caza como una especie de elegía de despedida en la que solo deseaba que su presa descansara en paz y nunca más se despertara en otra angustiosa pesadilla.

También es el creador de la Muñeca, tomando como inspiración el aspecto de su difunta estudiante Maria. Desde el Sueño del Cazador, Gehrman y la Muñeca guían a los Cazadores de Sangre Pálida en sus tareas. Gehrman fue también, como ya hemos visto, compañero de Laurence.

"Oh, Laurence... Por qué estás tardando tanto...
Me temo que soy demasiado viejo para esto, ya no sirvo..."
— Gehrman, el Primer Cazador.

El primer contacto que nuestro Cazador tiene con Laurence se produce al encontrar el Cráneo en la Gran Catedral, tras el combate contra la Vicaria Amelia. Al tocarlo, nuestro Cazador revive un recuerdo en el que Laurence anuncia al Maestro Willem que abandona Byrgenwerth.

Cráneo de Laurence

Cráneo de Laurence, primer vicario de la Iglesia de la Sanación. En realidad, se convirtió en la primera bestia clerigo, y su cráneo humano solo existe en el interior de la pesadilla. El cráneo es un símbolo del pasado de Laurence y de lo que no consiguió proteger. Esta destinado a buscar su cráneo pero, aunque lo encontrase, nunca conseguiría devolverle sus recuerdos.

Parece que el cráneo humano de Laurence es un objeto meramente simbólico, creado dentro de la Pesadilla, ya que el cráneo real es el que se encuentra en la Gran Catedral del Mundo de la Vigilia, el que tiene forma de Bestia. En una entrevista de la editorial FuturePress a Miyazaki, este dice: *"El cráneo [de Laurence] fue el inicio a la propia Iglesia de la Sanación, pero esta calavera tomó la forma de una bestia retorcida."*

Laurence fundó la Iglesia de la Sanación tras abandonar Byrgenwerth por las diferencias filosóficas que tenía con Willem.

Laurence y Gehrman, dos caras de un mismo misterio. ¿Qué fue lo que pasó con ellos? ¿Qué fue lo que pasó para llegar a la situación actual?

Lo que viene a continuación es mi propia interpretación basada en las evidencias que he recopilado. No consideres esto como un hecho certero. Es más, aprovecha mi interpretación para sacar tus propias conclusiones.

Laurence fue el Primer Vicario y Gehrman el Primer Cazador. Sus historias, como casi todas, comienza en Byrgenwerth. Como ya se ha dicho anteriormente, Gehrman tuvo que estar asociado con Laurence y con Willem. Quizás fuese estudiante de Byrgenwerth, o quizás hiciese labores de mantenimiento o seguridad para la Academia, a juzgar por su destreza en el combate y su habilidad en la creación de objetos. Con el descubrimiento de la Vieja Sangre, Laurence lideraría a un grupo de estudiantes con los que fundaría la Iglesia de la Sanación, separándose de Byrgenwerth. Gehrman, el amigo más cercano de Laurence, le seguiría. Ambos creían en la evolución humana a través de la Vieja Sangre.

Runa de Caryll "Metamorfosis"

Símbolo secreto de Caryll, Forjador de runas de Byrgenwerth. La cruz torcida significa "Metamorfosis". El descubrimiento de la sangre hizo realidad su sueño evolutivo. La metamorfosis, y los excesos y la desviación subsiguientes, no fueron más que el principio.

Fue en ese entonces cuando Laurence y Gehrman descubrieron algo horrible. Y es que, aunque la Vieja Sangre podía curar cualquier dolencia, aquellos a los que se le había administrado estaban siendo susceptibles a caer en una nueva y terrible enfermedad conocida como la Infección de la Bestia. Aquellos afectados por la sangre contaminada, sufrían una especie de licantropía. Su pelo crecía, sus dientes se afilaban, su tamaño y fuerza aumentaba y se volvían violentos e irracionales. Las personas que caían presas de la Infección se convertían en Bestias. Pero Laurence no podía frenar sus investigaciones. Los sacrificios eran inevitables. Todos los que en algún momento habían seguido al Maestro Willem sabían que, sin coraje, no habría evolución posible.

El maestro Willem tenía razón. La evolución sin coraje será la ruina de nuestra raza.
– Nota encontrada en el Edificio Lectivo.

Y de esta forma, el trabajo de Laurence continuó. Cuando fundó la Iglesia de la Sanación, Gehrman hizo lo mismo con el Taller, una institución secreta que entrenaría a grupos de individuos para cazar y eliminar a las Bestias.

Atuendo de cazador

Uno de los artículos habituales en el atuendo de un cazador, elaborado en el taller y acompañado de una capa corta que limpia la sangre. Esta útil prenda ofrece una defensa estable a quienes se enfrentan a la amenaza bestial de Yharnam. Permite acechar en secreto a las bestias, al amparo de la noche.

El Taller era la herramienta secreta perfecta para limpiar de las calles los problemas que estaban causando las acciones de Laurence. Los Cazadores se encargarían de eliminar a aquellos afectados por la Infección de la Bestia y, de esta forma, evitar que cundiese el pánico en la ciudad de Yharnam.

Es probable que Laurence y Gehrman, sabiendo lo que sabían acerca de los Grandes, descubrieran también la terrible naturaleza de la Luna de Sangre y que la Infección de la Bestia fuese causada por la Presencia Lunar. Ambos trataron de averiguar cómo podían derrotar a la Presencia Lunar, desarrollando una medicina lo suficientemente potente como para controlar la Infección. Nunca lo lograron. Pasó el tiempo y ambos envejecieron. El Taller fue cerrado y Gehrman pasó a ser un prisionero de la Presencia Lunar. En un intento por liberar a su compañero, Laurence llevó su investigación a un límite nunca antes visto. La Infección debía contenerse, sin importar lo que eso supusiera.

Se introdujo el uso de la Sangre Cenicienta en Viejo Yharnam, y las investigaciones se intensificaron. Laurence, y su Iglesia de la Sanación, estudiaban a las Bestias mientras los cuerpos se acumulaban en las calles y la ciudad estaba cubierta de sangre. Los incontables experimentos de Laurence terminaron dando su fruto. Toda la investigación llevada a cabo con el objetivo de controlar y frenar la Infección dio como resultado el Abrazo de la Bestia.

Runa de Caryll "Abrazo de la bestia"

Tras repetidos experimentos para controlar la infección de las bestias, se descubrió la serena Runa "abrazo". Cuando su implementación fracasó, se convirtió en una runa prohibida, pero este conocimiento pasó a ser un pilar de la Iglesia de la Sanación. Los que hagan este juramento adquirirán una forma espectral y disfrutarán de efectos de transformación acentuados, sobre todo al empuñar un arma bestial.

En la Gran Catedral de la Iglesia de la Sanación, el Primer Vicario Laurence aceptó el Abrazo de la Bestia. Con esta Runa del Juramento grabada en su mente, podría controlar la Infección, terminaría con las Cacerías, dominaría la Vieja Sangre, guiaría a la humanidad a la evolución de la especie y liberaría a su viejo amigo del control de los Grandes. Este acto era el motivo de todo lo que Laurence había hecho. Todas las víctimas que se había cobrado, todos los terribles crímenes que había cometido, el abandono de Byrgenwerth, la exportación del Laberinto, la fundación de la Iglesia de la Sanación... Toda una vida para llegar a este momento. Todo había merecido la pena. Pero, una vez más, la desgracia sacudió a Yharnam.

Cráneo de Laurence

Cráneo de Laurence, primer vicario de la Iglesia de la Sanación. En realidad, se convirtió en la primera bestia clérigo, y su cráneo humano solo existe en el interior de la pesadilla. El cráneo es un símbolo del pasado de Laurence y de lo que no consiguió proteger. Está destinado a buscar su cráneo pero, aunque lo encontrase, nunca conseguiría devolverle sus recuerdos.

Ese día, la Iglesia de la Sanación cambiaría para siempre. Laurence se transformó en la primera Bestia Clérigo, una criatura nunca antes vista por la organización. Esta bestia no era una simple persona a la que le había crecido el cabello y las garras. La Bestia Clérigo era una verdadera monstruosidad. Es posible que la primera persona que se topó con la criatura fuese Brador, el Asesino de la Iglesia de la Sanación.

Testimonio de Brador

La cabellera de una horrible bestia clérigo que indica que el cazador Brador, asesino de la Iglesia de la Sanación, había matado a un compatriota. Tras ello, se puso la cabellera de su aliado y se escondió en las profundidades de una celda. La Iglesia le proporcionó una campana de muerte sin sonido para asegurar que sus secretos quedarían protegidos.

Brador terminó con la vida de Laurence y, al hacerlo, la locura se apoderó de su mente. Despellejó el cuerpo y bañó sus prendas en la sangre del difunto Vicario. Separó la cabeza de la Bestia del cuerpo y le arrancó la cabellera. Cuando el resto de miembros de la Iglesia lo encontraron, estaba cubierto de sangre y vísceras, y su arma, la Flebotomista, estaba impregnada en Frenesí.

> *"Nada cambia.*
> *Esa es la naturaleza de las personas..."*
> — Brador, Asesino de la Iglesia de la Sanación.

Brador, y su Testimonio, fueron encerrados bajo llave para ocultar el fracaso de la Iglesia de la Sanación. Todas las investigaciones que en ese momento seguían en curso para frenar la Infección fueron detenidas y prohibidas al instante.

Las Runas de Caryll "Marca de garra" y "Bestia", así como las Píldoras de Sangre de Bestia, pasaron a ser distribuidos por la Iglesia de la Sanación en el mercado negro. Con la muerte de Laurence, la Iglesia forjó uno de los pilares de su filosofía: *"Cuidado con la fragilidad de los hombres"*. La Infección de la Bestia no podía controlarse, tenía que ser eliminada.

Pese a todo, este no fue el final de Laurence, pues su consciencia fue absorbida por la Pesadilla. Quizás fuese su maldición, arder eternamente, como castigo por las llamas que arrasaron Viejo Yharnam. Un ejemplo de cómo una mente brillante sucumbió a la locura. Con esto, una de las caras del misterio queda desvelada, pero ¿qué pasa con Gehrman?

La masacre que se produjo en la Aldea Pesquera afectó mucho más a Maria que a Gehrman, aun así, él tampoco llegó a tener nunca la conciencia limpia. En aquel entonces, fue uno de los afectados por los Parásitos de Kos, lo que le produjo unos terribles sueños. Tras vencer al Huérfano, la Muñeca se percata de que Gehrman está durmiendo profundamente, algo extraño, ya que hasta ahora siempre tenía dificultades para conciliar el sueño.

Gehrman ayudó a Laurence con la fundación de la Iglesia de la Sanación y creó el Taller, en el que entrenó a los Primeros Cazadores en el arte de matar bestias.

Pero, aunque las acciones y los crímenes que se cometieron en la Aldea Pesquera no lograron derrumbar su espíritu, la muerte de Maria sí que provocó en Gehrman una terrible tristeza.

Atuendo de Cazador de Maria

Entre los primeros cazadores, que eran todos estudiantes de Gehrman, estaba lady Maria. Este era su atuendo de cazadora, fabricado en Cainhurst. Maria es familia lejana de la reina no muerta, pero sentía gran admiración por Gehrman, aunque desconocía su curiosa manía.

Maria sentía una profunda admiración por Gehrman, pero no queda claro si maestro y estudiante compartieron una relación romántica, o si este sentimiento solo existía por parte de Gehrman. Fuera como fuese, la muerte de su estudiante lo destrozó.

Tras vencer a Maria en la Torre del Reloj Astral, su ataúd aparecerá tras la silla en que está sentada cuando nuestro Cazador se la encuentra. Sobre él, yacen varias **Flores de Sangre Fría**, las mismas que pueden encontrarse en el jardín de Gehrman del Sueño del Cazador. Al borde de la depresión por la muerte de su mejor pupila, Gehrman cerró el Taller y se refugió del mundo en su soledad.

En su creciente locura, Gehrman creó una muñeca. Como maestro artesano que era, la muñeca fue fabricada con una perfección exquisita.

Pequeño adorno para pelo

Un adorno para pelo pequeño y muy sencillo.
Aunque lleva perdido bastante tiempo, todavía se aprecia el cuidado con el que este elegante adorno fue tratado. Su color destacaría con gran brillo sobre una cabeza con pelo grisáceo.

Esto demuestra que Gehrman se aferró al recuerdo que tenía de Maria, un recuerdo que guardaba como un tesoro y que usaría para dar forma a la muñeca. Totalmente solo y tristemente miserable, lo único que anhelaba era tener a Maria de vuelta. En ese momento, algo llama la atención de la extraña obsesión de Gehrman, pues sabemos que los Grandes son espíritus amistosos.

Runa de Caryll "Luna"

Símbolo secreto de Caryll, Forjador de runas de Byrgenwerth.
Una transcripción de "luna", en la pronunciación de los Grandes que viven en la pesadilla. Permite conseguir más ecos de sangre.
Los Grandes que habitan en la pesadilla son espíritus amistosos y suelen responder cuando se los llama.

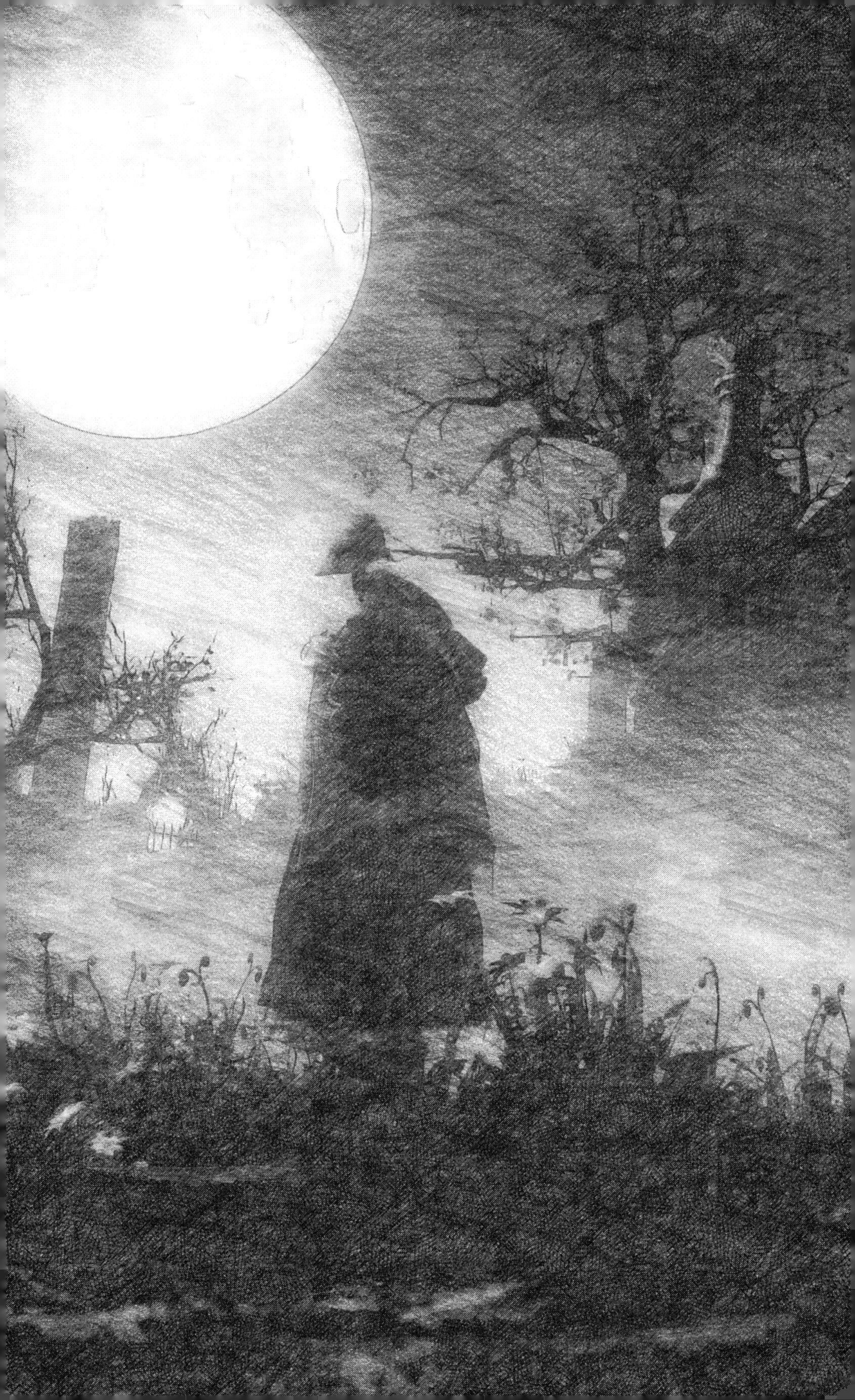

Para poder recuperar a su querida Maria, Gehrman haría cualquier cosa. Este fue el motivo que lo encerró en el Sueño, y que grabase la Marca del Cazador en la mente.

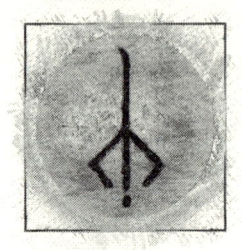

Marca del cazador

Runa suspendida boca abajo, grabada en la mente.
Símbolo de un cazador. Si concentra sus pensamientos en esta runa, el cazador pierde todos sus ecos de sangre, pero se despierta renovado, como si todo hubiera sido un mal sueño.

¿Qué es la Marca del Cazador? En términos de jugabilidad, es el objeto análogo al *Vínculo del Nexo* de *Demon's Souls* o al *Signo Oscuro* de *Dark Souls*. Pero, ¿qué es en realidad?

Su descripción lo categoriza como una runa, pero este objeto no se graba en la mente como sí lo hacen las Runas de Caryll. Las Runas son, como ya se ha visto, la transcripción de los sonidos pronunciados por los Grandes.

El Forjador de Runas Caryll podía comulgar con los Grandes y escuchar sus murmullos, pero no fue capaz de encontrar las palabras para describirlos. En lugar de eso, Caryll se encontró con varios símbolos que podían representar estos sonidos, unos símbolos que podían ser comprendidos por las mentes humanas. Si consideramos estos símbolos la representación de palabras en nuestro idioma, podemos asumir que la Marca del Cazador es, casi con total certeza, la palabra Cazador para los Grandes pues, el mismo símbolo está presente en la propia Runa de Caryll "Cazador". Los murmullos de un Grande grabados en la mente de uno mismo. El símbolo de un Cazador.

Runa de Caryll "Cazador"

Una runa de Caryll que transcribe sonidos inhumanos.
Esta runa manchada de rojo significa "Cazador" y ha sido adoptada por aquellos que tomaron el juramento de Cazador de cazadores.
Estos vigilantes amonestan a los que se han ofuscado con sangre.
Sea hombre o bestia, si alguien amenaza a los que han hecho el juramento de "Cazador", seguro que tiene un problema con la sangre.

Cazador. Esta palabra, marcada en la mente, es la que hace que alguien sea un Cazador. Y no un cazador cualquiera. Un cazador especial, un Cazador de

Sangre Pálida, un Cazador vinculado a las Tierras del Sueño. Esta Runa es la que hace posible la inmortalidad de los Cazadores y la que los condena a cazar, cazar y cazar hasta que consigan liberarse.

Nuestro Cazador tiene esta Runa grabada en su mente. No importa cuantas veces muera, seguirá despertándose. Incluso aunque sufra una caída mortal, sea cortado por la mitad o quemado hasta las cenizas, seguirá levantándose. Morirá, morirá y volverá a morir, una y otra vez, pero se despertará de nuevo. No importa que se sacrifique con la Chikage, la Rueda de Logarius, el Silbato de Madaras o la Flebotomista, el proceso seguirá siendo el mismo. Solo existe una forma de salir de este bucle para alguien con la Marca del Cazador grabada en la mente, morir a manos de otro Cazador marcado con la Runa.

Cuando Gehrman se estableció en el Sueño del Cazador, se encontró encadenado y encerrado en este lugar. No había escapatoria posible para el Primer Cazador. Atrapado en un infierno viviente, incapaz de morir y sin misericordia para él, comenzó a guiar a otros Cazadores de Sangre Pálida. Cuando las Cacerías llegaban a su fin, Gehrman terminaría con las vidas de los Cazadores, liberándolos así de las ataduras de una vida eterna en una existencia retorcida. Les brindaba la misericordia que él no podía tener.

Pero, ¿cuál es el origen de la Marca del Cazador?

Cuando nuestro Cazador recibe su primera transfusión de sangre, pierde el conocimiento y, en un momento, ve como una bestia emerge de un charco de sangre. La bestia se acerca a él, pero al instante, es consumida por las llamas. En ese momento, los Mensajeros hacen su aparición, arrastrándose hacia nuestro Cazador. Fue en ese preciso momento en el que nuestro Cazador llamó la atención de **algo**. Algo que se asomó y murmuró una única palabra: **Cazador.**

Con ese murmullo, nuestro Cazador revivió. Su vida antes de la transfusión pasó a ser irrelevante. Ahora era un arma. Había despertado en un nuevo mundo, en una nueva pesadilla. Había despertado en una Cacería.

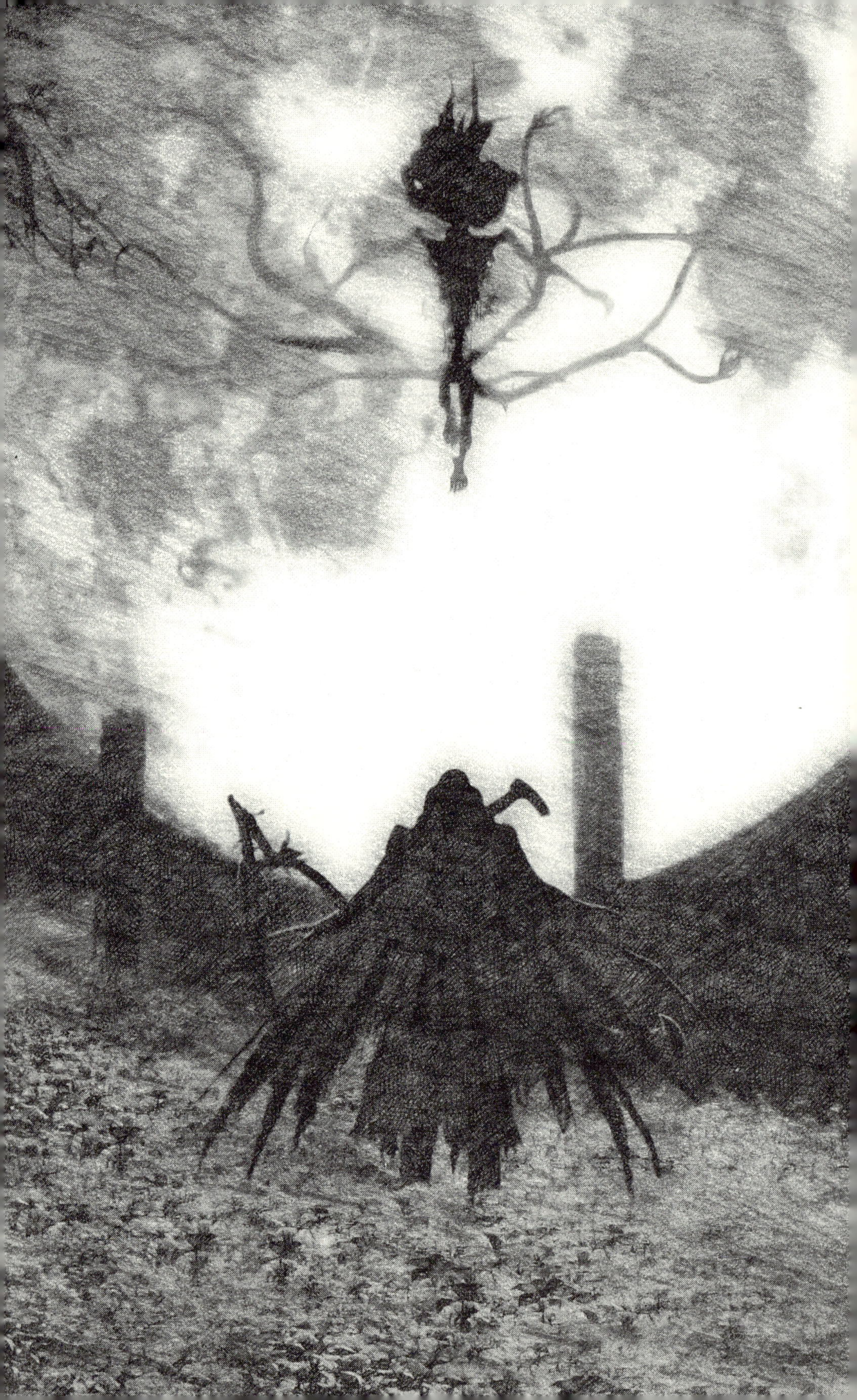

— Capítulo 10 —
La Cacería de la Sangre Pálida

"Y ahora comencemos la transfusión.
No te preocupes.
En un momento estarás como nuevo...
Como si todo hubiera sido un mal sueño."
— Pastor de la Sangre.

Normalmente, esta sería la parte en la que digo que solo usaré la información y las evidencias que pueden ser encontradas en el juego, y que guardaré mi interpretación para el final, pero lo cierto es que esta vez, no podemos aplicar esa distribución. En lugar de eso, consideremos todo lo escrito anteriormente como las pruebas que hemos ido acumulando hasta ahora. Trataré de ser lo más fiel posible a los hechos confirmados y reducir las especulaciones al mínimo.

Aun así, y como conclusión a este escrito, consideremos este último capítulo como mi interpretación del complejo final de *Bloodborne*. Usa este análisis como prefieras: considéralo correcto, discrepa por completo o utilízalo como una herramienta para crear tus propias teorías. Te recomiendo que leas hasta el final este último capítulo, ya que es el más especulativo de todos. E, independientemente de lo que pienses de este análisis, usa la mente para pensar. Como diría el Maestro Willem: *"El enfoque puesto en la pura ostentación, haría que cualquiera cayera presa de la desesperación."*

La Presencia Lunar, el Jefe Final Secreto de Bloodborne. De todos los seres y eventos importantes en la aventura, este es el más misterioso. La Presencia Lunar ha provocado que muchos jugadores terminasen el juego con una sensación de vacío, como si la Verdad Arcana estuviese tan cerca y a la vez tan lejos. Nuestro Cazador se encuentra con la Presencia Lunar si rechaza la oferta de morir a manos de Gehrman, y se enfrenta a él, derrotándolo. Este Grande desciende desde la propia Luna de Sangre, creando una implicación evidente entre su nombre y el cuerpo celeste. Por lo que sabemos, la Luna de Sangre surge cuando la línea entre hombre y bestia comienza a desvanecerse. Cuando los humanos comienzan a sucumbir a la Infección de la Bestia, la Luna de Sangre se alza, o quizás sea al revés. Quizás la Luna de Sangre se alza y causa que esas personas afectadas por la Infección, terminen transformándose en Bestias. Al comienzo del juego, nuestro Cazador puede encontrar una nota dejada en el Sueño del Cazador, aparentemente dejada por otro Cazador.

> Para escapar del horrible Sueño del Cazador.
> detén el origen de la infección de bestias que lo invade todo.
> antes de que la noche dure eternamente.
> - Nota encontrada en el Sueño del Cazador.

Cuando nuestro Cazador derrota al Padre Gascoigne, Gehrman le dice:

> *"La luna está cerca.*
> *Esta noche la cacería será larga."*
> - Gehrman, el Primer Cazador.

La Luna de Sangre, o mejor dicho, la Presencia Lunar, es la causa de la Infección de la Bestia.

Las Bestias existen con la Humanidad, siempre lo hicieron. El Erudito de Byrgenwerth Caryll fue el primero que descubrió esto, cuando logró comulgar con los Grandes.

Runa de Caryll "Marca de garra"

Una runa de Caryll que transcribe sonidos inhumanos. La "marca de garra" es un impulso que busca la calidez de la sangre como una bestia. Fortalece los ataques viscerales, una de las técnicas más oscuras de los cazadores. Aunque la diferencia es sutil, el Forjador de runas Caryll describe la "bestia" como un horrible e inoportuno instinto en los corazones de los hombres, mientras que la "marca de garra" es una atractiva invitación a aceptar esta naturaleza.

Pero no sería hasta que un misterioso personaje, conocido simplemente como Izzy el Irreverente, aplicase las teorías de Caryll en sus propios trabajos.

Garra de bestia

Arma bestial empleada por Izzy el Irreverente. Creada al cincelar los huesos largos de una bestia oscura no muerta y atárselos al arma. Los huesos siguen vivos y, al usarla, su portador recibe un chorro de poder bestial. Al lacerar carne y hacer sangrar, la bestia interior se despierta y, al rato, el portador del arma siente su fuerza y una ensoñación febril.

Y, aunque la Garra de bestia es bastante explícita, hay otra herramienta diseñada por Izzy que resulta más tenebrosa.

Rugido de bestia

Una de las herramientas prohibidas fabricadas por Izzy el Irreverente. Toma prestada la fuerza de las terribles bestias oscuras no muertas, aunque sea por un instante, para rechazar a los enemigos cercanos con la fuerza de una rugiente bestia. El usuario emplea sus cuerdas vocales para emitir este sonido indescriptible, lo que hace que nos planteemos que terribles secretos albergamos en nuestro interior.

La posibilidad de evolucionar es inherente a la humanidad misma, pero no está claro si esa evolución puede llevarlos a ascender al nivel de los Dioses, o a descender al de las Bestias. La Presencia Lunar, la Luna de Sangre hecha carne, es el origen de la Infección de la Bestia, lo que puede suponer dos posibilidades.

La primera es la más enrevesada y controvertida, e implica que la Presencia Lunar es el origen de la humanidad, la que ya porta en sí misma la Infección. La segunda, y la más probable, es que aunque las Bestias son parte de la propia humanidad, no es hasta que la sangre es contaminada con la Vieja Sangre que las personas son susceptibles a la Infección y terminan por convertirse en Bestias. Cuando la Luna de Sangre está baja, aquellos que han sido afectados por la Infección de la Bestia sucumben a su terrible naturaleza interior y se convierten en monstruos. Pero, ¿por qué? ¿Qué busca la Presencia Lunar?

Centrémonos ahora en lo específicamente necesario que nuestro Cazador debe realizar para superar la aventura. Dejemos absolutamente todo lo opcional a un lado y quedémonos con lo más básico y necesario para superar la Cacería.

Al inicio, nuestro Cazador despierta en la Clínica de Iosefka, y desde ahí, atraviesa las calles de Yharnam hasta llegar a la Iglesia de la Sanación. En el camino, se enfrenta al Padre Gascoigne, un Cazador que ha sucumbido a la Infección de la Bestia. Ya en la Gran Catedral de la Iglesia de la Sanación, nuestro Cazador se enfrenta a la Vicaria Amelia, la actual responsable de la Catedral. Una vez que esta es derrotada, nuestro Cazador descubre la contraseña que le dará acceso a Byrgenwerth, lugar en el que se descubrió la Vieja Sangre. En el camino, nuestro Cazador atraviesa el Bosque Prohibido, teniendo que hacer frente a las Sombras de Yharnam. Una vez que llega a la Mansión de Byrgenwerth, nuestro Cazador descubre a Rom, la Araña Vacua, a la que tiene que vencer. Tras la muerte de Rom, la entrada a Yahar'gul se abre. Nuestro Cazador atraviesa la Aldea Invisible hasta el enfrentamiento con el Renacido. Tras ser este derrotado, el cuerpo sin vida de Micolash espera a escasos metros, sirviendo de puerta de entrada a la Pesadilla.

En la Pesadilla, nuestro Cazador asciende por el lugar llegando a la Galería de Mergo, derrotando por el camino a la consciencia de Micolash. En la Galería, se enfrenta al Jefe Final del juego: la Nodriza de Mergo. Un Grande completo que gobierna desde la Galería y que ha reclamado esta sección de la Pesadilla como suya. Tras derrotar a la Nodriza, y con el cese del angustioso llanto del recién nacido, las palabras **PESADILLA EJECUTADA** tiñen la pantalla. Nuestro Cazador regresa ahora al Sueño del Cazador, donde se encuentra el Taller consumido por las llamas. La Muñeca guía a nuestro Cazador hasta Gehrman, quien se encuentra esperándolo en el jardín del Sueño del Cazador, bajo un viejo árbol. Gehrman felicita a nuestro Cazador por el buen trabajo llevado a cabo.

"Cazador, lo has hecho bien.
La noche está a punto de llegar a su fin.
Ahora tendré piedad contigo.
Morirás, olvidarás el sueño y te despertarás bajo el sol de la mañana.
Serás libre... de este horrible sueño del cazador..."
- Gehrman, el Primer Cazador.

El Cazador se arrodilla a los pies of Gehrman, quien se levanta de su silla por vez primera y ejecuta a nuestro Cazador con su guadaña. Nuestro Cazador se despierta posteriormente de su horrible Sueño, agotado y aturdido, se pone en pie mientras el Sol se alza sobre Yharnam. Y finalmente aparecen los créditos del juego.

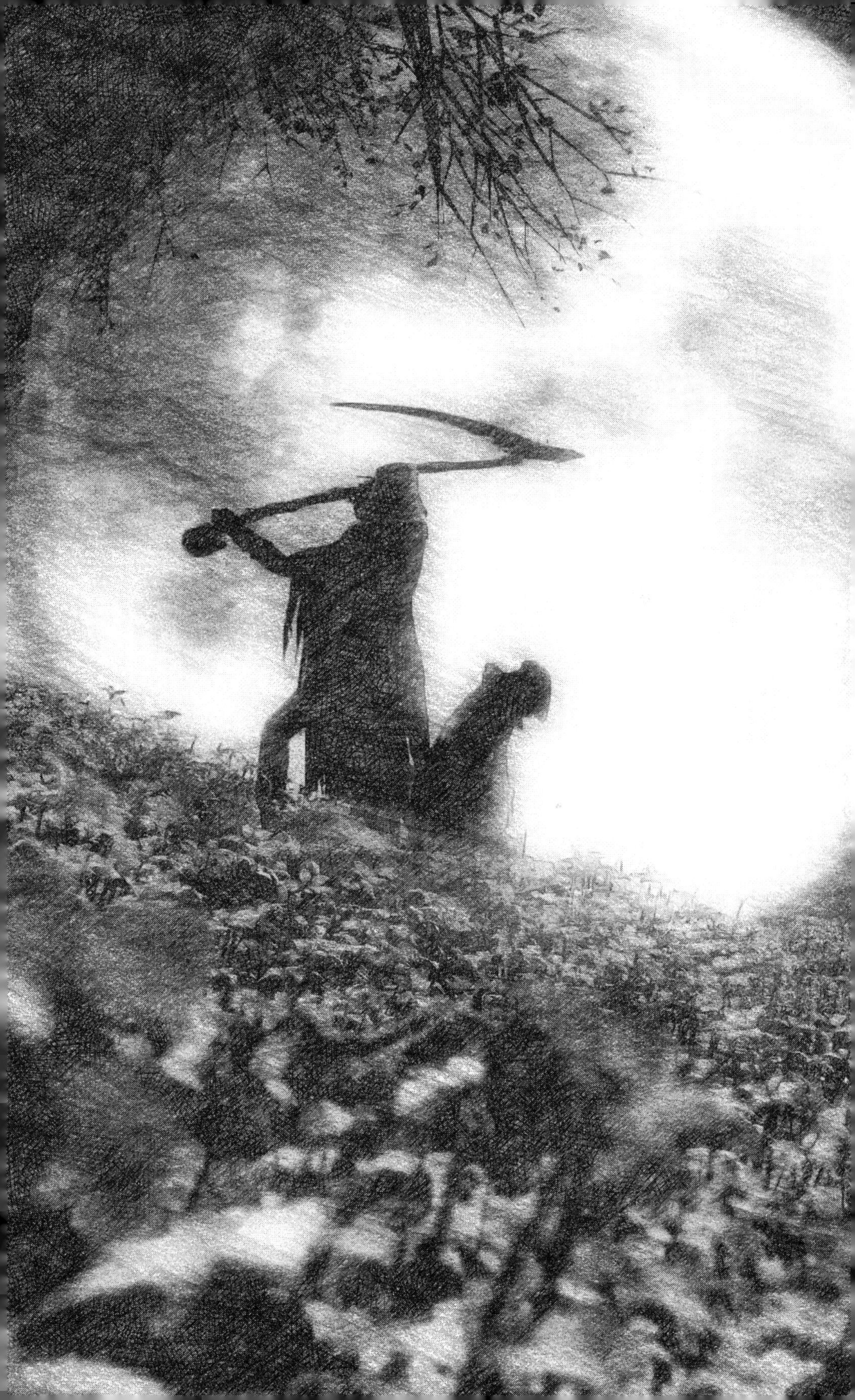

Descrito de esta forma, Bloodborne parece ser un juego lineal y sencillo. Se puede resumir en que Gehrman encomienda a nuestro Cazador la tarea de terminar con Mergo. Para esto, nuestro Cazador debe llegar a la Pesadilla. Para llegar a la Pesadilla, debe antes llegar a Yahar'gul, y antes debe llegar a Byrgenwerth, y antes a la Iglesia de la Sanación. Llegar a la Iglesia de la Sanación es el primer objetivo con el que se encuentra nuestro Cazador, justo después de hablar con Gilbert.

¿Qué es lo que busca la Presencia Lunar? En realidad, es bastante simple. Quiere terminar con la vida de Mergo, y usa a Gehrman como guía para que nuestro Cazador pueda cumplir con esta empresa.

La Presencia Lunar, el Huérfano de Kos y la Nodriza de Mergo son los tres únicos Grandes completos que nuestro Cazador se puede encontrar. Como ya se ha mencionado en capítulos anteriores, nuestro Cazador también puede encontrarse a la Amygdala, pero no queda claro si este enfrentamiento se produce contra lo que la Amygdala realmente es, o son. Los Grandes, seres de las Tierras del Sueño, tienen sus propias motivaciones y objetivos. No son aliados entre sí, al igual que tampoco lo son todos los seres humanos.

Cuando la luna roja esté baja, la línea entre hombre y bestia se difuminará.
Y cuando los Grandes desciendan, un útero será bendecido con un hijo.
- Nota encontrada en Byrgenwerth.

Encontrada en Byrgenwerth, esta nota supone el primer atisbo real de que existe algo más grande en Yharnam que una simple cacería de bestias. La sintaxis del texto es también interesante, pues parece mostrar una correlación entre los elementos. La Luna Roja está baja y la línea entre hombre y bestia se difumina, los Grandes descienden y un útero es bendecido con un hijo. El orden de las oraciones parecen implicar que primero se levanta la Luna de Sangre y, **posteriormente**, los Grandes descienden. Pero la nota tampoco confirma que este sea el orden real. ¿Qué pasaría si fuese al revés?¿Qué pasaría si los Grandes descendieran primero, un útero fuese bendecido con un hijo y, **como consecuencia**, se alza la Luna Roja y la línea entre hombre y bestia comienza a difuminarse? ¿Cuál es el propósito por el que aparece la Luna de Sangre? ¿Por qué es nuestro Cazador el elegido para ser atrapado en el sueño?

> *"Has roto el secreto del ritual. Busca al hijo de la pesadilla."*

Este mensaje aparece tras vencer a Rom, justo después de que la Luna de Sangre aparezca. Este mensaje no tiene a un emisor como tal, no es parte de un diálogo, ni de una descripción, ni de una nota. Simplemente aparece en la mente de nuestro Cazador. Un mensaje y una instrucción. Todos los Grandes pierden a sus hijos, pero **¿por qué?** Quizás es lo que la Presencia Lunar anhela, la muerte de los descendientes de los Grandes, usando a los Cazadores de Sangre Pálida como herramientas para lograr ese fin.

Pese a que las motivaciones de los Grandes son demasiado complejas para ser comprendidas por las mentes humanas, su objetivo parece ser más sencillo. Como todas las criaturas, parece que su objetivo es reproducirse.

Todos los Grandes pierden a su hijo, y luego ansían un sustituto.

Aquí, el orden en las oraciones es fundamental. No es que los Grandes busquen un sustituto, a una madre humana que dé a luz a su hijo y que, a causa de esto, el hijo muera. Lo que implica es que todos los Grandes pierden a sus hijos, y posteriormente buscan a un sustituto. Lo que implica que sea difícil, por no decir imposible, que un Grande pueda nacer.

Mergo nació muerto, el Huérfano de Kos no tuvo siquiera la oportunidad de nacer y el Cerebro de Mensis nació deforme, débil y sin esperanza. Siempre hay algo que sale mal en los nacimientos de los Grandes, y por ello, tienen que buscar un reemplazo a sus descendientes perdidos.

Sabemos que esta no es la primera Cacería, y que nuestro Cazador no es el primero que visita el Sueño del Cazador. Ya ha habido otros Cazadores anteriormente, la Luna de Sangre ya se levantó en el pasado y la Presencia Lunar ya ha guiado a otros Cazadores para alcanzar su objetivo, usando a Gehrman como herramienta, el sustituto de su hijo. Hay dos Cazadores de los que sabemos que han pasado por este ciclo, Djura, el Cazador Retirado, y Eileen, la Cazadora de Cuervo. Djura parece no recordar mucho del Sueño del Cazador, solamente un recuerdo lejano.

> *"Ya no sueño, pero yo también fui cazador."*
> – Djura, Cazador Retirado.

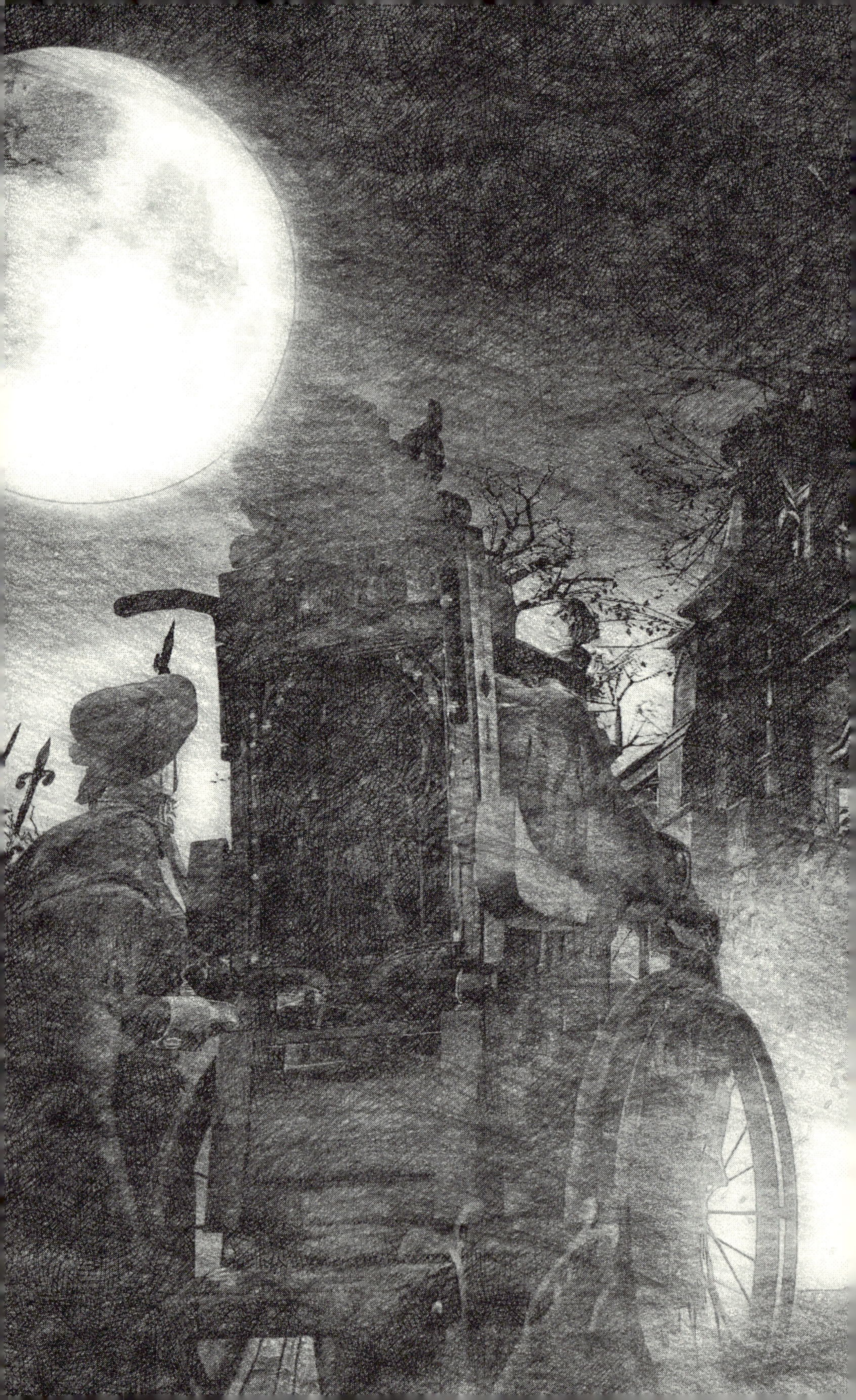

Eileen, sin embargo, recuerda bastante más. Nuestro Cazador es testigo de ello si este no logra hacerle frente en combate.

> *"¿Todavía tienes sueños? Saluda a la muñequita de mi parte..."*
> – Eileen, la Cazadora de Cuervo.

Pensemos en cómo experimentamos nosotros los sueños. Cuando nos despertamos, podemos recordar lo soñado de una forma clara, especialmente si se trató de una pesadilla. A medida que van pasando las horas, los detalles del sueño comienzan a disolverse en nuestra memoria hasta que, en cierto punto, solo podemos recordar que hemos soñado, pero no el qué. Aquellos a los que Gehrman ejecuta en el Sueño del Cazador, despiertan y poco a poco van olvidando los detalles de la horrible pesadilla que vivieron. Pero este destino, no es el único existente.

Si nuestro Cazador se niega a aceptar la misericordia de Gehrman, tendrá que enfrentarse a este. Es el clásico enfrentamiento del estudiante contra el maestro, donde el primero termina por superar a su mentor, y el segundo termina liberándose de sus cargas. Con la derrota de Gehrman, y viendo que ha perdido a su hijo sustituto, la Presencia Lunar desciende desde el cielo.

En este final, el Grande abraza con cuidado a nuestro Cazador, al igual que un padre abraza cariñosamente a su hijo. Tras un fundido a negro, lo siguiente que vemos es a la Muñeca empujando la silla de ruedas de Gehrman, pero no es este el que está sentado en ella, sino nuestro Cazador. La Muñeca hablará, justo antes de que aparezcan los créditos.

> *"Y así comienza la cacería."*
> – Muñeca del Sueño del Cazador.

Nuestro Cazador toma el papel de Gehrman como hijo sustituto de la Presencia Lunar, dando inicio de nuevo al ciclo. Pero, de nuevo, existe un destino alternativo en el que la Cacería sí puede ser superada.

> *Busca sangre pálida para superar la caza.*
> - Nota encontrada en la Clínica de Iosefka.

Esta nota se encuentra en la primera localización del juego, en la habitación en la que nuestro Cazador se despierta en la Clínica de Iosefka. A juzgar por el atuendo que nuestro Cazador viste al despertarse, parece que este no logra recordar nada previo al trasvase de sangre.

Atuendo extranjero
Ropa llevada al despertarse en la pesadilla de sangre y bestias.
No es la ropa típica de Yharnam. Quizá sea extranjera.
Después de todo, se dice que el viajero llegó a Yharnam desde muy lejos.
Sin memoria, ¿quién llegará a saberlo?

Sin memoria, nuestro Cazador se encuentra esta nota y naturalmente se fija esta menta en la memoria: buscar sangre pálida para superar la cacería. Pero, ¿qué es la Sangre Pálida? Nuestro Cazador hará esta pregunta a Gilbert poco después.

"Sangre pálida, ¿dices? Mmm... Nunca lo había oído.
Pero si lo que te interesa es la sangre,
deberías probar en la Iglesia de la Sanación."
– Gilbert.

El propio Gilbert admite que desconoce los temas relacionados con el Trasvase de Sangre, pero sugiere, a nuestro Cazador, visitar la Iglesia de la Sanación. En la institución, sin embargo, nuestro Cazador no encuentra ninguna referencia a la Sangre Pálida.

Más allá de la conversación con Gilbert, solo existen cuatro referencias más a este tipo de Sangre. La primera está en la nota antes mencionada. La segunda está en otra nota, de autor desconocido, que se encuentra en Yahar'gul.

¡Mirad! ¡Un cielo de sangre pálida!
- Nota encontrada en Yahar'gul.

Esta nota está orientada hacia la luna, y si nuestro Cazador la encuentra antes de derrotar a Rom, es lógico que resulte confusa. Tras la muerte de la Araña Vacua y el ascenso de la Luna de Sangre, cuando el cielo se asemeja a la Pesadilla, la nota adquiere sentido.

"El color del cielo [cambia] tras derrotar a la Araña Vacua y revelar el ritual secreto de Mensis. En ese momento, el cielo muestra un color azul pálido, como el de un cuerpo al que han drenado su sangre." Esta cita, dicha por Miyazaki en una entrevista para la editorial *Future Press*, habla sobre el cielo que ha sido revelado una vez que el velo entre el Mundo de la Vigilia y las Tierras del Sueño se ha disuelto.

La tercera referencia a la Sangre Pálida se encuentra en el Edificio Lectivo de la Pesadilla, como parte de una serie de notas.

> La presencia lunar sin nombre convocada por Laurence y sus socios.
> Sangre pálida.
> - Nota encontrada en el Edificio Lectivo.

En la misma entrevista, Miyazaki dice: *"Esta puede ser otra interpretación. Sangre Pálida es el nombre dado al monstruo que viene de la luna bajo ciertas condiciones."*

La Presencia Lunar, el Grande de Sangre Pálida. Pero como el propio Miyazaki advierte, existen más interpretaciones para la Sangre Pálida. No es un concepto único. Es, más bien, un pilar en la historia de *Bloodborne*.

La cuarta referencia a la Sangre Pálida es, posiblemente, la que más jugadores han olvidado, ya que se encuentra muy temprano en el juego.

> *"Oh, sí... Sangre pálida... Bien, has venido al lugar apropiado.*
> *Yharnam es el hogar del trasvase de sangre.*
> *Solo debes desentrañar su misterio."*
> – Pastor de la Sangre.

Es el primer diálogo del juego, y el que lo pronuncia es el doctor que administra el Trasvase de Sangre a nuestro Cazador. El nombre de este personaje es desconocido, pues solo se le conoce como el **Pastor de la Sangre**. Detengamos por un momento este análisis de *Bloodborne* y centrémonos en algo más simple y común: ¿qué es la sangre?

Ni soy doctor, ni pretendo serlo. Seguramente voy a simplificar mucho las cosas, así que mejor no tomar demasiado en serio mi explicación.

La sangre consta de tres elementos diferentes:

Los eritrocitos, comúnmente llamados glóbulos rojos, son transportados a través del torrente sanguíneo con la función de administrar oxígeno a los tejidos corporales. Son la principal fuente de sustento y nutrición para el cuerpo humano.

El segundo elemento es el plasma. Aproximadamente, el cincuenta por ciento de la sangre es plasma, un líquido que sirve como medio de transporte para los glóbulos rojos hacia los tejidos del cuerpo. Cuando la sangre se centrifuga para separar sus componentes, algo curioso ocurre con el plasma y es que, al separarse del resto de células, su color es de un amarillo intenso. Este líquido se conoce como suero sanguíneo o, en ocasiones, *sangre pura* ya que el líquido es la propia sangre sin ingredientes adicionales.

El tercer elemento lo componen los leucocitos o glóbulos blancos. Estas células forman parte del sistema inmunológico y su función es la de atacar y detener infecciones, sustancias extrañas y limpiar estructuras celulares viejas y muertas.

La sangre es un tema central en *Bloodborne* y todo gira alrededor de la misma, incluso el título de la propia obra. **Bloodborne, transmitido por la sangre.** Un patógeno portado en la sangre, una enfermedad sanguínea, eso es precisamente la Infección de la Bestia. Una infección transmitida de persona a persona a través del Trasvase de Sangre. El Maestro Willem se lo recordaba de forma estricta a Laurence.

"Nacemos de la sangre, la sangre nos hace hombres, la sangre nos deshace."
– Willem a Laurence.

La Infección contagia a la víctima atacando y contaminando su sangre hasta corromperla. Observemos a los Semejantes, mortales que lograron ascender para convertirse en Semejantes del Cosmos. Estos seres consiguieron superar la Infección de la sangre. De hecho, su sangre es un líquido ámbar, un suero para ser exactos. Los Semejantes del Cosmos han conseguido limpiar la contaminación de su sangre separándola del resto de elementos y convirtiéndose en seres puros. Y, finalmente tenemos los glóbulos blancos, células sanguíneas de color pálido. Estas células son parte del sistema inmunológico y se encargan de encontrar y destruir infecciones, y la forma en la que lo hacen es fascinante. Los glóbulos blancos crecen y absorben la infección, manteniéndola aislada del resto de células. El paralelismo de estos glóbulos blancos con nuestro Cazador es evidente.

Busca sangre pálida para superar la caza.
- Nota encontrada en la Clínica de Iosefka.

Quizás, esta nota no va dirigida a nuestro Cazador. Quizás esta nota está escrita para el Pastor de la Sangre.

Parece que Djura sufría una terrible e incurable enfermedad. Posiblemente se tratase de una anemia terminal, lo que significa que sufriese de una carencia importante de hierro en su torrente sanguíneo, lo que implicaba una cantidad de hemoglobina menor en sus glóbulos rojos en comparación con una persona sana. La anemia era un problema realmente serio en la Época Victoriana, y una enfermedad común entre las mujeres jóvenes. Llegó a conocerse como la Enfermedad de las Vírgenes, y se asociaba con un tono de piel terriblemente pálido. La falta de hemoglobina implica que los glóbulos rojos porten muchos menos nutrientes a través del torrente sanguíneo, lo que genera que la sangre pierda el color rojizo y adquiera un tono pálido que posteriormente también adquiere la piel.

La gente que sufre anemia a menudo se siente enferma, cansada y débil. El doctor que trató a Djura descubrió a alguien cuya sangre era pálida, a alguien con los anticuerpos y el potencial necesario para enfrentarse a la Infección de la Bestia. Descubrió a un Sangre Pálida. Cuando este Sangre Pálida fue tratado con la Vieja Sangre, renació como un Cazador, pero no como uno cualquiera, sino como un Cazador especial. La Marca del Cazador se grabó en la mente de este Cazador de Sangre Pálida, ligándolo al Sueño del Cazador y obligándolo a servir pleitesía. Pero Djura no llegaría a ser lo suficientemente fuerte como para hacer frente a la Presencia Lunar, así que fue ejecutado por Gehrman y su vínculo con el Sueño del Cazador fue cortado.

Posteriormente, Gehrman encontraría a un nuevo aprendiz que resultaría ser una enferma mujer nacida en las afueras de la ciudad, Eileen la Cazadora de Cuervo. Pero, de nuevo, la Cazadora de Sangre Pálida no resultó tener la fuerza suficiente. Nuestro Cazador puede escuchar a Gehrman murmurando en sueños, casi a modo de sollozo.

> *"Oh, Laurence... Por qué estás tardando tanto...*
> *Me temo que soy demasiado viejo para esto, ya no sirvo..."*
> — Gehrman, el Primer Cazador.

Incluso puede escucharse un diálogo todavía más desesperado, cuyo desencadenante es desconocido.

> *"Oh, Laurence... Maestro Willem... Que alguien... me ayude...*
> *Por favor, que alguien me libere... Estoy harto de este sueño...*
> *La noche bloquea la vista... Oh, por favor..."*
> — Gehrman, el Primer Cazador.

Gehrman está desesperado porque Laurence y su arte del Trasvase de Sangre logren dar con alguien que sea capaz de terminar con su pesadilla, con un Sangre Pálida con la fuerza necesaria para ser inmune a la corrupción de los Grandes. Y así, nuestro Cazador llega a Yharnam.

> *"Oh, sí... Sangre pálida...*
> *Bien, has venido al lugar apropiado.*
> *Yharnam es el hogar del trasvase de sangre. Solo debes desentrañar su misterio."*
> — Pastor de la Sangre.

Aquí, nuestro protagonista conoce al Pastor de la Sangre. Tras la transfusión, nuestro Sangre Pálida se convierte en Cazador. Recordemos el inicio del juego, cuando una Bestia surge de un charco de sangre y se acerca a nuestro Cazador. Al instante, esta Bestia arde en llamas, ya que la transfusión que nuestro Cazador acaba de recibir está circulando por sus venas y creando los anticuerpos necesarios para combatir la Infección. Tras esto, llegan los Mensajeros, lo que nos conduce al último misterio del que hablaremos.

Gehrman no es el único habitante del Sueño del Cazador. Hay otras pequeñas y misteriosas criaturas, llamadas Mensajeros, que veneran y colaboran con los Cazadores. Y no podemos olvidarnos de que, en el Sueño del Cazador, también mora la Muñeca.

La verdad es que resulta gracioso la primera vez que un jugador comienza Bloodborne y todavía no entiende las reglas con las que funciona este mundo.

Desconoce qué es posible o imposible. El hecho de hablar con la Muñeca, no despierta un interés natural en entender el porqué, simplemente es posible hablar con una muñeca. No hay necesidad en cuestionarlo ni de plantear siquiera si algo así puede ser real, simplemente se asume que, en este mundo, ese hecho puede ser una realidad. Pero, si reflexionamos acerca de la Muñeca por un momento, resulta evidente que es algo más que una simple muñeca.

La magia como tal no existe en Bloodborne. No hay magos ni hechiceros. Hay seres humanos y hay Grandes, seres de un estatus divino capaces de realizar actos que pueden considerarse magia por el simple hecho de que son tan complejos que los seres humanos no logramos entenderlos. Algunos humanos lograron aprender a usar el poder de los Grandes, a un nivel mucho más pequeño y limitado, pero no son considerados magos, son Eruditos y Locos.

Para evitar rodeos innecesarios, Gehrman no puede animar a una muñeca, así que ¿cómo es que esta tiene vida?

Sabemos que Gehrman sentía un cariño y amor profundo por la Muñeca, justificado por la obsesión que sentía por su pupila Maria.

Ropa de muñeca

Ropa de muñeca abandonada, como si fuera de repuesto.
La calidad de la mano de obra y el cuidado con el que ha sido conservada hacen intuir un profundo amor por la muñeca.
Raya en lo maniático y desprende cierta calidez.

Gema sangrienta lágrima

Una gema sangrienta que fortalece armas y aporta diversas propiedades.
Las gemas sangrientas gota son gemas especiales que se adaptan a diversas armas y formas. Creada a partir de la lágrima plateada brillante de una muñeca, esta gema es una amiga discreta pero de confianza que repone de forma continuada PS, la esencia vital de los cazadores. Quizá el creador de la muñeca anhelaba tener un amigo así, aunque fue en vano.

Si nuestro Cazador llega a visitar el Viejo Taller Abandonado en el Mundo de la Vigilia, encontrará en él unas cuantas cosas: el Hueso de Viejo Cazador, la Ropa de Muñeca y, el objeto más relevante, un Cordón del Ojo.

Tercio de cordón umbilical

Una gran reliquia, también llamada Cordón del Ojo.
Todos los Grandes retoños tienen este precursor del cordón umbilical.
Todos los Grandes pierden a su hijo, y luego ansían un sustituto.
Los tercios de cordón umbilical precipitaron el encuentro con la luna pálida, que convocó a los cazadores y concibió el sueño del cazador.
Utilízalo para ganar lucidez o, como dicen algunos, ojos interiores, aunque ya nadie recuerda lo que significa eso.

La palabra **concibió** es la clave en esta descripción. La palabra concebir tiene dos acepciones diferentes en el diccionario. La primera la define como la **formación de una idea de algo en la mente, imaginar algo**. Este es el significado más lógico para el jugador debido al contexto de la descripción, sin embargo, la segunda acepción la define como **el comienzo de tener un hijo**.

Teniendo en consideración cuántos elementos de *Bloodborne* se enmarcan en el contexto del nacimiento, del renacimiento, del embarazo y de la maternidad, es lógico pensar que el uso del verbo **concebir** en la descripción de un Cordón del Ojo no es fruto de la casualidad.

En su soledad, Gehrman se sentía terriblemente aislado y miserable. Todos los Cordones del Ojo son obtenidos gracias a una mujer: uno de la Nodriza de Mergo, otra por Arianna y otro por la Falsa Iosefka. La excepción a esta regla es el Tercio de Cordón Umbilical encontrado en el Viejo Taller Abandonado. Pero, si observamos bien, lo cierto es que este Cordón del Ojo está al lado de una mujer. Quizás no de una mujer humana, pero sí de una **muñeca** femenina.

Puede que Gehrman, en su locura, desarrollarse un profundo amor por la muñeca, la única compañía que tenía en su Taller. Y puede que esta obsesión no pasase desapercibida para la Presencia Lunar pues, pese a todo, los Grandes que habitan la Pesadilla son **espíritus amistosos**.

En su desesperación y anhelo por su amada Maria, Gehrman estaba dispuesto a dar cualquier cosa a cambio de traerla de vuelta. Un Grande vio esta condición y prometió concederle el deseo. A cambio, Gehrman, sería su sirviente el resto de su vida. Pero la Muñeca no era Maria. Entonces, ¿qué es en realidad? ¿Qué clase de ser es uno que piensa y siente y, al mismo tiempo, habita un cuerpo artificial ¿Y cuál es el motivo por el que, en el Viejo Taller Abandonado, el lugar en el que Gehrman pactó dedicar el resto de sus días a servir a los Grandes, se encuentra el cordón umbilical de un Grande, un Cordón del Ojo?

Hagamos un paréntesis en la historia de Gehrman y pensemos ahora en las **Linternas del Invierno.** Estos personajes son, como bien sabrá cualquier jugador que se haya enfrentado a la Pesadilla, uno de los enemigos más peligrosos, o el más peligroso, que se puede encontrar en *Bloodborne*. Las Linternas del Invierno son unas mujeres altas y delgadas, que deambulan entonando una desafinada melodía. Visten unos harapos ensangrentados y no tienen cabeza, en su lugar, se encuentra un enorme cerebro cubierto por ojos que pestañean y observan todo lo que pasa a su alrededor. De sus cerebros salen varios tentáculos que usan para atrapar y estrangular a nuestro Cazador. En teoría, las Linternas del Invierno no son un enemigo con el que resulte complicado pelear, pero lo que las hace tan temibles es que con el mínimo contacto visual, el medidor de Frenesí comienza a aumentar de forma descontrolada, lo que causa que nuestro Cazador reciba una enorme cantidad de daño al instante. Pero, **¿qué es el Frenesí?**

El Frenesí es un efecto de estado que sucede cuando nuestro Cazador entra en contacto con algún concepto profundo relativo Grandes. Las Amygdalas causan Frenesí al atrapar a nuestro Cazador y obligarlo a mirar sus ojos. Las Larvas Celestiales, Ebrietas y los Jabalís Antropófagos causan Frenesí al expulsar su vómito sobre nuestro Cazador. Los Jardines de Ojos causan Frenesí abalanzándose sobre la cabeza de nuestro Cazador y emitiendo un irritante sonido a alta frecuencia. Los Vigilantes de la Catedral pueden causar Frenesí a través del uso de una cruz de madera retorcida, símbolo de los Grandes, que emana un aura carmesí. Las Linternas del Invierno causan Frenesí por simplemente observarlas. Con este contexto, podemos concluir que el Frenesí es una condición que sucede cuando un individuo es forzado a abrir su mente a la naturaleza sobrenatural del Cosmos y los Grandes. Dicho de otra forma, la Lucidez sucede cuando un individuo aprende poco a poco, investiga, descubre y procesa la información que adquiere relativa a los Grandes. El Frenesí, en cambio, sucede cuando el individuo es **forzado** a procesar esa información.

El ataque de las Linternas del Invierno es tan fuerte, que una gran parte de los jugadores prefieren evitar el enfrentamiento, prefieren correr y esconderse de estos terribles enemigos, escuchando su escalofriante canto, esperando no ser detectados. *Hagas lo que hagas,* **no las mires.** El juego incluso ofrece mecánicas que justifican esto, ya que ofrece recorridos y caminos por los que nuestro Cazador puede escabullirse y pasar desapercibido para las Linternas del Invierno. Por este motivo, la mayoría de los jugadores nunca tienen la oportunidad de ver en detalle a este enemigo. Estas criaturas fueron, durante un largo tiempo, un misterio. No fue hasta que una jugadora, con el alias *chim_cheree*, logró obtener una fotografía en alta resolución de un plano detalle de una Linterna del Invierno. Es fácil imaginar la sorpresa que se llevó al observar en profundidad la apariencia de este enemigo, y descubrir que las Linternas del Invierno visten el mismo atuendo que la Muñeca.

La comparación entre las vestiduras rasgadas y ensangrentadas de las Linternas del Invierno y la ropa de la Muñeca es, cuanto menos, perturbadora. La ropa de las Linternas está teñida de sangre y carece del chal que la Muñeca lleva sobre sus hombros, pero el resto de detalles, encajan. Las mangas, los volantes, la falda, las costuras... **todo encaja a la perfección.**

Este descubrimiento dio inicio a un desfile de fotografías de las Linternas del Invierno que hacía posible verlas con más detalle. Algunos apuntaban que los surcos en las afiladas garras de las criaturas eran muy similares a los dedos articulados de la Muñeca.

Estos hallazgos despertaron un enorme interés en mí y, al igual que muchos más, me aventuré a tomar mis propias fotografías de las Linternas del Invierno. Sin duda, lo que descubrí al tratar de sacar una fotografía de los ojos que estos enemigos tienen en el cerebro que reemplaza su cabeza fue algo... increíble.

Puede parecer un cerebro, pero no está compuesto por la típica materia gris de la que este órgano se compone. De hecho, no está compuesto por elementos humanos. Este descubrimiento reveló que no se trata de un cerebro. En realidad, son Mensajeros.

"Ah, los canijos, habitantes del sueño...
Encuentran a los cazadores como tú, los veneran y los sirven.
Hablar, no hablan, pero, ¿verdad que son monos?"
– Muñeca del Sueño del Cazador.

Urna de mensajero

Accesorio adorado por mensajeros ingenuos. Los mensajeros llevan las urnas, llenas con incienso que les protege de las bestias, al reves en sus cabezas, indicando una predilección por lo oscuro. Los habitantes del tocón parecen estar interesados en los adornos. ¿Por que no dejar que sean felices y que se diviertan como niños?

Los cerebros de las Linternas del Invierno están compuestos por cuerpos de Mensajeros atrapados y combinados entre sí en una horrible forma.

El concepto de las Linternas del Invierno es, en realidad, una genialidad. La única criatura en el juego que puede ofrecernos la horrible y retorcida Verdad Arcana tan solo mirándonos es, al mismo tiempo, la criatura que menos queremos mirar.

Por supuesto que las Linternas del Invierno causan Frenesí. ¿Cómo no volverse loco al ver, de esa forma retorcida y grotesca, al único personaje en el juego que nos brinda tranquilidad y calidez? ¿Cómo puede una mente simple comprender la terrible conexión que existe entre la Muñeca y estas horribles criaturas?

¿Alguna vez has atacado a la Muñeca? ¿A atacarla de verdad? ¿A reducir a la Muñeca a añicos? Muchos jugadores pensarán que hacer esto es una locura, ¿cómo podrías atacar al único ser que te ofrece algo de paz dentro de todo el horror que hay en *Bloodborne*?

El caso es que, si nuestro Cazador ataca a la Muñeca, esta sangrará. Pero su sangre no es roja, como la de los humanos, tampoco es Suero, como la de los Semejantes del Cosmos. Su sangre es de un color blanco puro. La Muñeca tiene **Sangre Pálida**.

Esto resulta realmente extraño, pero si observamos en detalle a los Mensajeros, veremos algo muy parecido. Cuando estos pequeños seres tienen algún mensaje que dar, ¿sabías que emergen de un charco de sangre cuando nuestro Cazador se acerca? Esto es evidente cuando lo que albergan son los últimos segundos de un Espectro de otro jugador, ya que la mancha de sangre en el suelo es roja. Pero, cuando se trata de una nota, la mancha es de un blanco puro, pues es la sangre de los propios Mensajeros. La misma sangre de la Muñeca.

Si nuestro Cazador termina con la vida de la Muñeca, la próxima vez que este regrese al Sueño del Cazador, ella volverá a estar allí, esperándolo.

> *"Hola, querido cazador.*
> *En este sueño, soy una muñeca que te cuida."*
> – Muñeca del Sueño del Cazador.

No albergará el recuerdo de lo que ha pasado.

> *"Son incontables los cazadores que han visitado este sueño.*
> *Aquí se alzan las tumbas que los recuerdan.*
> *Parece que ha pasado tanto tiempo..."*
> – Muñeca del Sueño del Cazador.

¿Incontables Cazadores? Eso no tiene sentido alguno. ¿Tanto tiempo? En realidad, no puede ser tanto. Gehrman solo ha estado atrapado en el Sueño del Cazador unos cien años, como mucho. Los Sangre Pálida pueden contarse con los dedos de una mano: Djura, Eileen y nuestro Cazador. Pero no sabemos si la Luna de Sangre ha aparecido en el paso. En la vieja Pthumeru, la población fue víctima de la Infección de la Bestia.

¿Y si no hubo solo cuatro momentos en los que la Luna de Sangre se alzó? ¿Y si esto ocurrió cientos de veces? ¿Y si durante los últimos miles, decenas de miles, cientos de miles de años, la Luna de Sangre se alzó y los Cazadores entraron al Sueño del Cazador, la Marca del Cazador se grabó en sus mentes y sucumbieron posteriormente al poder de la Presencia Lunar? Todo esto forma un ciclo, y la Muñeca siempre está presente.

Muchos jugadores se habrán encontrado a la Muñeca durmiendo en el Sueño del Cazador. Si nuestro Cazador la despierta, pedirá perdón por haberse dormido y volverá a ofrecer el mismo diálogo de siempre. Pero existe la posibilidad, aunque es raro que suceda, de que la Muñeca se encuentre arrodillada frente a una tumba.

> *"Oh, Flora, de la luna, del sueño.*
> *Oh, canijos, oh, fugaz voluntad de los antiguos...*
> *Que el cazador esté a salvo, que encuentre consuelo.*
> *Y que su sueño, su captor...*
> *Presagie un agradable despertar...*
> *Algún día se convierta en un agradable recuerdo..."*
> — Muñeca del Sueño del Cazador.

Si nuestro Cazador la interrumpe, se despertará y volverá a disculparse por haberse dormido, pero no recordará las palabras que pronunció segundos antes.

Quizás no siempre fue una Muñeca. Quizás ha tenido cientos de formas distintas, pero siempre que un Sangre Pálida se ha intentado enfrentar a la Presencia Lunar, ella ha estado ahí.

Recordemos la forma en la que los glóbulos blancos de la sangre luchan contra las infecciones: las consumen. Recordemos ahora lo que la Muñeca dice a nuestro Cazador en su primer encuentro:

> *"Perseguirás bestias...*
> *Y yo estaré para ayudarte...*
> *A reforzar tu espíritu enfermizo."*
> — Muñeca del Sueño del Cazador.

Enfermizo. Su sangre blanca apoya aún más esta metáfora, pues ella refuerza nuestra inmunidad frente a la Infección y nos proporciona poder.

Nuestro Cazador de Sangre Pálida derrota a la Presencia Lunar consumiendo los Cordones del Ojo y los Ecos de Sangre, volviéndose tan poderoso que la influencia del Grande deja de tener efecto sobre él.

Y así, la Presencia Lunar, el Grande que ha aterrorizado a la humanidad desde que se tiene consciencia de él, cae.

PESADILLA EJECUTADA

Nuestro Cazador se queda a solas con la Muñeca, quien se agacha para recoger a la que será la nueva forma del protagonista. Recordemos que no todos los Grandes pertenecen a la misma facción, ni a la misma especie, ni siquiera comparten la misma ideología. Los Grandes tienen sus propios objetivos y sus propios deseos sobrenaturales.

Habiendo terminado con la Infección de la Bestia y con los Grandes, nuestro Cazador logra ascender y renacer de nuevo, listo para llevar a la humanidad a la próxima fase evolutiva. Y todo gracias a la Muñeca. La Muñeca que guio a nuestro Cazador, lo animó, lo hizo más fuerte y lo cuidó. La Muñeca que lo abraza ahora, como una madre, y sonríe.

"¿Tienes frío...? Oh, querido cazador..."
— Muñeca del Sueño del Cazador.

Quizás, después de todo, no todos los Grandes pierden a su hijo.

Made in United States
Orlando, FL
10 January 2025